读客悬疑文库

认准读客读悬疑,本本都是大师级。

密室收藏家

密室蒐集家

[日] 大山诚一郎 著　曹逸冰 译

目录

柳园 一九三七年 ……… 001

少年与少女的密室 一九五三年 ……… 037

死者缘何坠落 一九六五年 ……… 085

别有内情的密室 一九八五年 ……… 133

佳也子之屋为雪所覆 二〇〇一年 ……… 183

柳园

一九三七年

1

黄昏时分，正对御所[1]的寺町大道毫无人迹。

鲇田千鹤环视四周后，悄悄步入柳园高等女校的校门。手表的指针指向傍晚六点五十分。此时此刻，学校的正门已然上锁，唯有正门旁边的小门还开着。

穿过校门后，东西合璧的美丽校舍便映入眼帘。校舍共有两层，算是所谓的"木结构文艺复兴式"建筑。校舍正面玄关紧锁，只有值班室与校工室的窗口亮着灯，其他房间则是黑漆漆的一片。每间屋子的窗口都拉着窗帘，千鹤不必担心自己会被人撞见。

柳园女子高中是京都府首屈一指的名门私立女校，共有五百余名学生就读，下设五个年级。千鹤是这所学校的四年级学生。此时的女校，早已进入梦乡。

她为何要趁着夜色溜进自己就读的学校呢？事出有因。

---

[1] 皇室的居所，即皇宫。——译注（本书中注释，如无特别说明，均为译注）

校舍后方是种着一排柳树的林荫大道。今天午休时，千鹤来到柳树下，专心阅读从府立图书馆借来的巴纳比·罗斯[1]的《X的悲剧》。倾情于吉屋信子[2]的同学们一看到侦探小说就皱眉头，但千鹤偏偏喜欢看侦探小说，名侦探哲瑞·雷恩的神勇表现叫她如痴如醉。好书在手，适逢微风阵阵，好不舒爽。一不小心，千鹤便睡着了。不久后，宣告午休结束的铃声吵醒了她。她赶忙环顾四周，却不见一个人影，只得睡眼惺忪地赶回教室上下午的课。放学后，她参加了排球社的活动。五点多回到家后，她脱下水手服，换上铭仙和服[3]，准备继续看《X的悲剧》。这时她才发现书不见了。书落在哪儿了？千鹤左思右想，这才意识到，她中午打盹时把书放在了柳树下，没有拿回来。明天一早去学校找找看好了。可要是到时候书不见了怎么办？就算书还在原处，也可能会被夜晚的露水打湿。那可是从图书馆借来的书，要是弄丢弄坏了，可怎么得了。想到这儿，千鹤坐立不安。她匆匆用过晚饭，把碗碟清洗干净后，便换上外出时穿的洋装，撂下一句"我出去散个步"，急急忙忙冲出了家门。

寺町大道是一条南北向的马路。自高空俯视，柳园女子高中的校舍就是一个位于寺町大道东侧的巨大E字。E字的纵笔画与正中间横线的交点西侧，就是校舍的正面玄关。E字南侧是操场，而千鹤看

---

[1] 奎因兄弟发表以哲瑞·雷恩为主角的"悲剧系列"时使用的笔名。
[2] 少女文学女作家，代表作有《安宅家的人们》等。
[3] 二十世纪三十年代左右，作为女性的日常服在日本流行过的和服的一种。

书的地方位于E字的东侧。

千鹤在正对正面玄关的地方右转，宽广的操场映入眼帘。白天时，少女们就在这座操场上，沐浴着十月上旬的透明阳光欢笑嬉戏，可现在的操场已被黑暗笼罩，空无一人。恐惧顿时涌上心头，千鹤能感觉到手臂上冒出了鸡皮疙瘩。她开始为自己的鲁莽之举而后悔。

快点找到那本书，拿了就走。千鹤加快脚步，在拐角处左转，左边是一排漆黑的教室窗户。她干脆跑了起来，跑到校舍尽头时，便看见了前方的柳树。林荫大道周围尤其昏暗，白天这里可是一片宜人的田园风光，黑暗中却仿佛有怪物埋伏一般阴森恐怖。千鹤就是在左前方的那棵柳树下睡的午觉。

她能隐约看见树下有个长方形物体。找到了！千鹤赶忙冲上前去，拿起书本。书没有受潮，也没有受损。千鹤长舒一口气，将《X的悲剧》放进手提包，正要转身离去，却发现音乐室竟然亮着灯。

音乐室位于E字中央那条横线的东侧，因此站在树下的千鹤正对着音乐室的窗户。音乐室的窗前都拉着窗帘，唯有一处留了一条缝，刚好够千鹤用一只眼睛向内张望。谁在屋里？难道是某位音乐老师在练曲子？千鹤忘却了恐惧，在好奇心的驱使下走近音乐室，透过窗帘的缝隙用右眼观察室内的情况。

映入狭窄视野的，是正在弹奏钢琴的君塚慎吾，本校的音乐老师。他穿着白色长袖衬衫，下身是深蓝色长裤。音乐室最近刚装修过，隔音效果非常好。千鹤明明就站在窗外，却只能听见微弱的琴声。老师正在弹奏的貌似是海顿[1]的钢琴奏鸣曲。

君塚老师大概三十五六岁，尚未成家，身材高瘦。不喜欢君塚老师的学生大有人在，千鹤也是其中之一。为什么呢？因为君塚老师相当神经质，对"准确性"异常执著，要是学生没有达到他定下的标准，他便会绷着脸唠叨半天。学生演奏乐器时，他注重的并不是学生在情感上的表现力，而是一味追求准确。音乐本是千鹤最喜欢的科目，可拜这位君塚老师所赐，最近连她都开始讨厌音乐了。今天第二节就是音乐课，君塚老师因上班时有轨电车晚来了一分钟，火冒三丈地发了一通牢骚，让学生们很是不快。有轨电车在马路上跑，总免不了受汽车和自行车的影响，迟到一分钟也情有可原嘛……

突然，君塚老师的双手停了下来，起身朝千鹤视野左端的房门走去。好像有人敲过音乐室的房门，老师将门朝走廊推开。

随后，君塚老师往后退了一步。千鹤看出定是有人进了屋，可没看到进屋的人是谁。因为她只能透过窗帘的缝隙窥视房门的右半边，看不到门把手。别说进屋的人，她连君塚老师抓着门把的手都看不到。这时，房门关上了。来访者似乎站在视野的左侧，但千鹤还是看不见那个人的身影。君塚老师的左半边脸出现在千鹤眼前。

---

[1] 弗朗茨·约瑟夫·海顿（1732-1809），维也纳古典乐派的奠基人。

他好像在跟来访者说话。

就在这时——

"砰！"轻微的响声传来，君塚老师的身体猛然一晃。千鹤的心脏险些停跳。"砰！"响声再次传来。老师再次摇晃，随即倒地。只见他横趴在地，双臂前伸。左手手肘前方的部位伸向了更靠左的地方，超出了千鹤的视野。她只能看见房门再次打开，随即又被关上……

来访者开枪击中了君塚老师！刚才的声音是两发枪声！千鹤这才意识到事态的严重性。然而，透过窗帘看到的景象太缺乏现实感，好似电影桥段，叫人难以置信。莫非她刚才看到的是一出戏？可枪声每次响起，老师的身子都会猛烈摇晃，实在不像是在演戏。千鹤一看便知，这摇晃绝不是装出来的，而是外力作用的结果。老师倒地后再也没动弹过。他真的中枪了。千鹤双脚发软，下意识地看了看手表，现在是七点十分。

得赶紧通知值班老师！千鹤赶忙冲向值班室。她的双脚不住地打战，跑起来跟跟跄跄的。

音乐室位于E字形校舍正中横线的最东端，而值班室则在这条横线与竖线交点的下方不远处。若是从音乐室出发，直接穿过中间的走廊，再拐个弯，就能立刻到达值班室。问题是，此时校舍的门窗皆已上锁，千鹤无法进入校舍，只得原路返回，在校舍南侧绕个大圈子。

七点十二分,千鹤总算跑到了值班室窗外。她喘着粗气,拼命敲打值班室的窗户。

片刻后,哗啦啦……只见教英语的桥爪泰夫老师探出上半身,一声怒吼:"大晚上的,谁在敲窗户!"原来今晚是他值班。这位老师才二十五六岁,性格外向开朗,长相也颇英俊,平时注重衣着打扮,深得学生喜爱。他今晚也披着一件时髦的外套。

"啊呀,这不是三班的鲇田吗?这么晚了,你怎么还在学校?刚才敲窗户的人是你吗?"

"是的……"

"你为什么要敲窗户……"话音未落,老师便察觉到千鹤的脸色不太对劲,"你怎么了?脸色惨白惨白的。"

"我刚看见……君塚老师在音乐室中枪了……"

"你说什么?"

千鹤道出她方才目击的情景,桥爪老师惊愕不已。

"我这就去看看!"

见桥爪老师要把身子缩回屋里,千鹤赶忙喊道:"啊,老师,我要跟您一起去,请您稍等一下!"

"傻孩子,谁会愿意回到凶案现场去!你就老老实实等在这儿吧!"

"可是……凶手可能会趁我一个人等在这里的时候偷袭我!"

"真拿你没办法,我拉你进来。"

千鹤先通过窗口将手提包送进值班室，之后在桥爪老师的帮助下钻进屋里。她母亲要是见到这一幕，怕是要气晕过去。

桥爪老师打开值班室的门，按下走廊照明灯的开关。天花板上的电灯泡发出昏暗的灯光，照亮了走廊。老师借着灯光，朝音乐室冲去，千鹤紧随其后。音乐室前的走廊边竟有一扇敞开的窗户，窗锁旁边的玻璃上有一个直径十五厘米左右的大洞。凶手应该是在玻璃窗上开了个洞，把手伸进来，打开窗户的锁，并通过这扇窗溜进了校舍。

桥爪老师与千鹤来到音乐室门口。这时，千鹤下意识地看了看表，现在是七点十四分。桥爪老师握住门把，想把门打开，可事与愿违，房门被锁上了。

"房门好像是锁着的。"桥爪老师一脸凝重地说道。

"锁着的……难道凶手还在里面吗？"

"也许吧。"

千鹤毛骨悚然。她本以为凶手已逃之夭夭，谁知他又杀了个回马枪。她仿佛能听见躲在门后的凶手发出的喘息声。

"要不我们从窗口翻出去，像我刚才那样从窗帘的缝隙看一看？这样兴许能看见屋里的凶手。"

"好，就这么办！"

老师从敞开的走廊窗户翻到屋外。千鹤也翻了出去。

桥爪老师透过窗帘的缝隙往音乐室里看，脸色顿时严肃起来，

密室收藏家　009

也许是因为他看见了趴在地上一动不动的君塚老师。他尝试打开音乐室的窗户，可每一扇窗都上了锁，根本打不开。

"站在这儿看不到凶手的人影。也许他正躲在我们看不到的死角。"

"有可能……"

"砸开窗玻璃开窗进去也未尝不可，可藏在暗处的凶手可能会发动偷袭。还是去校工室拿钥匙开门，请校工来帮忙也更保险。"说完，桥爪老师再次翻回走廊。千鹤也在老师的帮助下爬窗进入了校舍。

校工室位于E字形校舍纵笔画的北端。桥爪老师与千鹤沿着中间的横向走廊飞奔，转弯进入纵向走廊，冲进校工室。校工堂岛源治大概五十五六岁，皮肤黝黑。他在这所学校工作了近三十年，乍看一脸凶相，其实非常和善，深受学生们的爱戴。见到千鹤，堂岛瞠目结舌。两人向堂岛解释了一番后……

"君塚老师中弹了？"堂岛一脸惊愕地说道，"好，我跟你们一起去！"

校工室的墙上挂着好几把钥匙，每一把钥匙上都系着牌子，写明钥匙的用途。堂岛取下墙上的钥匙，与桥爪老师和千鹤一道回到音乐室门前。

堂岛将钥匙插进门锁一转。"咔嚓。"音乐室的房门是朝外开的。桥爪老师握住门把，缓缓拉开房门。音乐老师就趴在正对着房门的位置。见到这一幕，千鹤的腿剧烈颤抖起来。桥爪老师蹲下身来，摸了摸君塚老师的脉搏。他试了好几次，最后摇头说道："君塚老师已经过世了。"接着，他望向堂岛说道，"跟我进屋抓凶手！"

堂岛带着紧张的神色点点头，与桥爪老师一道走进屋里。千鹤心里七上八下，就怕屋里传来凶手与两位老师的怒吼与惨叫。可片刻后，桥爪老师与堂岛便走了出来。

"屋里没别人。"桥爪老师一脸茫然地说。

"啊？"

"音乐室里没别的人。桌子底下一目了然，压根藏不了人，况且屋里也没有柜子、架子这种能躲人的地方。"

"凶手会不会翻窗逃跑了？"

"不可能。我跟堂岛师傅一一确认过，每扇窗的旋钮锁都好好锁着。"桥爪老师望向堂岛，"堂岛师傅，能不能麻烦您用钥匙开一下校长办公室的门，用那里的电话报个警？等您报完警，再陪这孩子在校工室休息一会儿。我就在这儿等警察来。"

"好！"堂岛点点头，带着千鹤回到校工室。他从墙上取下校长办公室的钥匙，打开办公室房门，再打开电灯。办公室的内部装潢十分豪华，正中间放着一张厚重的橡木办公桌。电话就在桌上。堂岛赶忙拿起听筒报警。打完电话后，他又带着千鹤回到校工室。

十五分钟后，千鹤听见数辆警车停在校外的寺町大道上。警察

密室收藏家 011

终于来了。片刻后，几个男人的脚步声从走廊传来。一个四十五六岁模样的男子打开校工室的房门，探头说道："哟，千鹤，吓坏了吧？"

"舅舅！"

来人竟是千鹤母亲的弟弟，圭介舅舅。这位舅舅，是京都府警察部刑事课的警部。

"这起案子由我负责。请多关照。"

看到舅舅的面容，千鹤忍耐已久的泪水终于夺眶而出。

2

"你一个女孩子，大晚上像个小偷似的偷偷溜进学校，成何体统！简直恬不知耻！"

"非常抱歉……"

"你会目击杀人案，究其原因还得怪你自己偷偷溜回学校！要是凶手知道你目击到凶案，说不定会回来杀你灭口，到时候你准备怎么办？"

"非常抱歉……"

"再者，正经女孩岂能在晚上七点独自出门！要是被小混混缠上了，可如何是好！"

"非常抱歉……"

"而且你出门时还对家长撒了谎！欺骗家人，偷偷出门，可是女学生堕落的第一步！"

"非常抱歉……"

"听说你大费周章溜回学校，是为了拿一本侦探小说回家？打打杀杀的煽情小说伤风败俗，本校的学生岂能看这种玩意儿！"

"非常抱歉……"

第二天上午九时许，校长办公室。千鹤笔直地站在校长牧野善造面前，连连道歉。父母就坐在她身后的沙发上，父亲一脸严肃，母亲则不住地用手帕擦拭眼角。

牧野校长大概六十出头，身材微胖，头发一律往后梳，鼻梁上架着龟甲框眼镜。他右脚不太方便，平时都拄着白蜡木拐杖。

今天早上，千鹤与父母一同来到学校——她的父母是被校长"请"来的。一路上，母亲歇斯底里地训斥千鹤，父亲则绷着脸说了一句"以后可别找借口出门了"，之后便再没吭声。他没有打骂千鹤，也不跟她说话，连看都不看她一眼。比起母亲的滔滔不绝，父亲的态度更让千鹤心生恐惧。到学校后，千鹤便被带去校长办公室，牧野校长没完没了的叱责就此拉开帷幕。

"也请两位家长好好地教育她！"牧野校长将视线转向千鹤的父母。

"那是自然，我们一定会好好教育她。小女给校方添了这么大的麻烦，实在抱歉……"母亲战战兢兢地说道。

这时，千鹤的父亲开口了："校长老师，您的话句句在理，我们做父母的自然会好好教育女儿。但我觉得在这件事上，千鹤有一点值得表扬。"

"表扬？"牧野校长瞠目结舌。

"她之所以溜回学校，是怕弄丢图书馆的书，担心夜晚的露水弄湿书本，这说明她责任感很强。她的确不该对我们说谎，也不该偷偷溜进学校，但我觉得她的责任心值得褒奖。"

"老公，你怎么还夸她啊……"母亲一脸困惑。

父亲的一席话让千鹤暗自欣喜，差点激动得跳起来。

"说她责任感强，也的确没错……"牧野校长一脸不悦地回答道，"可是您也不能用'责任感强'来颠倒黑白吧？"

"这是当然，我心中有数。"

"罢了，既然两位家长会严肃教育，鲇田同学也在深刻反省，那就先这样。反正今天学校临时放假，鲇田同学，你就和父母一起回家去吧。"

总算解放了。千鹤和父母一起向校长深鞠一躬，走出了校长办公室。

3

　　用过晚餐后，圭介舅舅来到了千鹤家。千鹤昨晚已经把她的所见所闻都告诉了舅舅，但舅舅还想再打听一下。

　　千鹤的母亲来到玄关迎接圭介舅舅。对方刚进门，母亲便张口问道："凶手还没抓到啊？"

　　"很遗憾，还没着落。我们正在全力搜查。"

　　"你们可得赶紧把凶手抓起来。要是凶手知道千鹤目击到了凶案现场，也许会来杀她灭口。你得加把劲，别害了我们家千鹤！"

　　"我知道，我知道。等学校复课了，我们会安排刑警护送千鹤上学放学。"

　　"千鹤还没嫁人，天天有保镖跟着，传出去多难听。你们还是赶紧查案，别瞎折腾。"

　　"我们会好好查，不用你催。"

　　母亲气势汹汹，圭介舅舅有些招架不住。这时，父亲开口道："当务之急，是配合警方的调查工作，尽快将凶手捉拿归案。只有凶手伏法，千鹤才能平安。圭介，你跟千鹤去会客室谈吧。"

舅舅松了口气，低头谢道："多谢姐夫。"

千鹤用托盘端着茶壶与茶杯走去会客室。舅舅一见到她，便说道："这次委屈你了……"

"没关系。既然是舅舅负责调查这起案子，那真相一定会很快水落石出。"

"千鹤的嘴也是越来越甜了。"舅舅笑道，"舅舅想再跟你确认一下你目击到的情景。昨天晚上，你看到音乐室还亮着灯，就被灯光引去窗边，透过窗帘缝隙往屋里张望，看到君塚老师在弹钢琴。突然，老师停了手，站了起来，大概是有人敲了音乐室的门。老师打开房门，凶手走了进去。当时你没有看到凶手的模样吗？"

"没有。我只能通过窗帘的缝隙往里看，能看到的只有钢琴和房门最右侧的部分。凶手站在更靠左的地方，我压根看不到。"

"那你有没有看到他身体的某个部位，比如手或者脚……"

"也没有。"千鹤很是不甘。如果她那时看到了凶手的模样，凶案必然会立刻告破。

"你说君塚老师好像在跟凶手说话，那他说话时态度如何？"

"很普通。"

"他没有大喊大叫，或是露出惊恐的表情？"

"嗯。"

"这说明君塚老师认识这名凶手。如果老师看到的是溜进学校的小偷，绝不会心平气和地跟对方说话。之后老师中了两枪，倒地不起。法医说，他的右胸与左胸各中一枪。左胸的那发子弹贯穿了心脏，老师恐怕是当场毙命的。"

身子一晃后瘫倒在地的君塚老师浮现在千鹤的脑海中，昨夜的恐惧涌上心头，吓得她身子微微一颤。

"然后你看见门打开又关上，凶手离开了音乐室。这时你下意识地看了看手表，确定当时是七点十分。之后你跑去通知值班室的桥爪老师。和桥爪老师一起回到音乐室的时间是七点十四分。不可思议的是，你们回到音乐室门口时，房门是锁着的。因此可以推测，就在你去值班室的那四分钟里，凶手把房门锁上了。问题是，他是怎么锁门的？"

对这一点，千鹤也十分好奇。

"音乐室的门窗都是锁着的。窗户是左右拉开的那种，两扇窗户重叠的位置有用来上锁的旋转手柄。房门内侧有旋钮，一拧就可以上锁，而走廊上的人只能用钥匙上锁。窗户只有内侧有手柄，屋外的人没法锁窗户。所以凶手肯定是站在走廊用钥匙锁的门。"

"教室的钥匙都放在校工室，音乐室的钥匙也是。凶手是不是偷了校工室的钥匙？"

"我们最先想到的就是这个可能性。但君塚老师出事的时候，校工一直待在校工室，外人不可能进屋偷走钥匙。校工说，音乐室的钥匙只有一把，平时就放在校工室，连校长都没有备用钥匙。校长只有正面玄关和校长办公室的钥匙。而且，这所学校的钥匙形状都很复杂，很难配备用钥匙，是校长特地选购的。"

"既然凶手没有偷钥匙，难道校工师傅就是凶手？"

"问题是，若校工是凶手，那他为什么要把音乐室锁起来？这简直是在向世人宣布'我就是凶手'。而且君塚老师出事时，校工有不在场证明，这个我一会儿再跟你详说。总之他不可能是凶手。也就是说，凶手没有用到存放在校工室的钥匙。

"第二个可能性就是，君塚老师中枪后自己转动旋钮锁上了房门。可这个假设也说不通。老师中了两枪，第二枪还打穿了他的心脏，不可能还有气，哪里有力气反锁房门。

"第三个可能性是，凶手在音乐室内锁上房门，然后找地方躲了起来，等你们开门发现尸体后，再伺机逃跑。"

"可我们开门之后，桥爪老师和校工师傅进屋检查，一个人都没找到。音乐室的桌子下面毫无遮掩，躲不了人，而且屋里也没有能躲人的柜子和架子。"

"是啊。所以凶手不可能躲在音乐室里。"

这不正是侦探小说中常见的"密室杀人案"吗？千鹤顿时有了兴趣——虽然有些不合时宜。卡斯顿·勒胡的《黄色房间之谜》、范·达因的《金丝雀杀人事件》与《狗园杀人事件》、狄克森·卡尔的《三口棺材》……"密室杀人"题材的作品接连在千鹤脑海中浮现。能不能将那些作品中的杀人手法运用在这桩杀人案上呢？

"简直跟你最喜欢的侦探小说里的'密室杀人案'一样。"

舅舅似乎看穿了千鹤的心思,吓得千鹤心里"咯噔"一下。

"舅舅,您也知道我喜欢看侦探小说吗?"

"你妈老向我抱怨,说一个小姑娘,总在图书馆借些乱七八糟的书,书名还特别吓人,你说愁人不愁人?"

千鹤羞红了脸。

"书名虽然吓人,可内容都很有逻辑,尤其是埃勒里·奎因的'国名系列'……"

舅舅含着笑,望着千鹤说:"你别急。舅舅也觉得新时代的女性不必循规蹈矩,被那些陈规恶俗束手束脚,想干什么就干什么好了。其实,我之所以来找你了解情况,也是想请你站在'侦探小说迷'的角度给我提提意见。"

听到现任警官如此重视自己的想法,千鹤激动不已。她赶忙在心中劝诫自己:君塚老师才刚去世,岂能这么没分寸!

"侦探小说里常会出现凶手不用钥匙,而是用奇妙的手法把门反锁的桥段。比如在房门内侧的把手上拴一根线,让线穿过门缝,然后凶手再把门关上,站在门外拉线,门就能锁上了。"

"这个方法行不通。为了隔音,音乐室的房门关上后一点缝隙都没有。门口有一块凸出的门框,门一关,门板的边缘就会与门框吻合。所以凶手不可能让线通过门缝,穿向走廊。况且那扇门的设计也比较特殊,室内的人可以转动旋钮锁门,室外的人则必须插钥

密室收藏家 019

匙才行，锁孔并不贯穿门板。凶手不可能将线通过锁孔穿到走廊那一侧。"

"那……既然校工一直在校工室，凶手无法在昨天晚上偷到音乐室的钥匙，那么他有没有可能提前把钥匙掉包呢？也许凶手用的是掉包得来的钥匙。"

"如果掉了包，校工拿钥匙开门时就会发现钥匙不对头。凶手也没有机会在校工开门之前将真钥匙放回去。"

"唔……也是……难道音乐室里有密道？虽说侦探小说里不能用这种手法……不过，音乐室最近刚刚装修过，如果有人趁机修了一条密道呢？"

"警方听说音乐室刚装修过，也怀疑屋里会不会有密道，就调查了负责这个项目的建筑公司。遗憾的是，我们的疑问被对方付之一笑。"

"这样啊……"千鹤很失望，"对了舅舅，您刚才不是说君塚老师出事时，校工师傅有不在场证明吗？是怎样的不在场证明？"

"昨天七点到七点零九分，桥爪老师去校工室倒了杯茶，还跟校工聊了一会儿。凶手开枪后逃跑时，你不是看过手表吗？那时是七点十分。七点零九分之前还在校工室的人，怎么可能在短短一分钟内赶到音乐室，对君塚老师连开两枪再逃之夭夭呢？这就意味着，校工的不在场证明的确成立，桥爪老师亦然。当然可以猜测他们是共犯，一起做了伪证，但如果他们真是凶手，就没必要锁住音乐室。门要是上了锁，校工就成了头号嫌犯，案发时与校工在一起的桥爪老师也会被警方怀疑。从这个角度看，他们应该不是共犯。"

听到这话，千鹤放心不少。她很喜欢平和亲切的校工堂岛，也十分尊敬开朗外向、总是设身处地为学生排忧解难的桥爪老师。

"既然校工师傅和桥爪老师不是凶手，那凶手应该是从校外来的。我跟随桥爪老师沿走廊赶去音乐室时，看到走廊里有一扇窗开着，凶手是不是从那里溜进校舍的？"

"没错。凶手用玻璃刀切开窗玻璃，把手伸进窗户开锁。割下的那块玻璃就掉在地上。"

"那音乐室的房门把手和凶手割开的那扇窗户的锁上，有没有留下凶手的指纹？"

"千鹤，你问得还挺专业，看来那些侦探小说没有白看。"

"这年头，谁都知道查案要检验指纹……"

"音乐室房门两侧的门把手都被擦拭过，只有走廊那边的门把手上留有桥爪老师的指纹，应该是你们打开音乐室房门时留下的。把手上方的旋钮也擦干净了。凶手入侵校舍时使用的那扇窗也被人擦过，窗锁上没有任何指纹。你透过窗帘缝隙看音乐室的时候，只能看见门的右半边，连门把手都看不到吧？因此，你没有看见凶手逃跑时擦掉了门把和旋钮上的指纹。"

凶手再次躲过千鹤的视线。就差那么一点点。千鹤无比不甘，险些作出咬牙切齿的表情。

"那警方有没有找到行凶用的手枪?"

"还没有。音乐室里没有,周围也没有,多半是被凶手带走了。对了对了,凶手还带走了一样东西。"

"什么东西?"

"被害人的手表。"

"手表?"

"君塚老师的尸体有一个疑点——他没戴手表。君塚老师的皮肤挺黑,左手手腕上有一圈比较白的皮肤。由此可见,他平时肯定戴手表,可尸体身上并没有手表,那就只有可能是被凶手带走的。君塚老师倒下后,你看不到他左手手肘前方的部位吧?所以你并没有见到凶手逃跑时拽下了老师左手上的手表。"

又来了。又差了一点点,凶手再次躲过千鹤的视线。咬牙切齿的冲动再次袭来。

"你觉得凶手为什么要这么做?"

凶手带走了被害人的手表——这像是奎因的侦探小说里会出现的桥段。奎因的作品中,凶手带走被害人的真丝礼帽和衣服,而"凶手为何要这么做"成为了作品中最大的谜团。这起案件的凶手为什么要带走被害人的手表?与奎因出的谜题相比,这实在有过之而无不及。日本手表之谜——奎因也许会为本案取这样一个名字。

"警方猜测,也许君塚老师的手表很值钱,值得凶手去偷。说不定手表镶有宝石,或是名人曾经戴过的那种有来历的手表。如果凶手是个手表收藏家，看到这样的表自然会心动。"

"我上课时见过君塚老师的手表，那手表看上去可普通了，上头没有镶宝石，也不像那种有来历的古董表。"

"唔……这样啊……那……会不会是凶手受到被害人的勒索，而被害人将用来勒索的凭证藏在了手表表盖里？"

"可……手表表盖里真能藏得了东西吗？最多藏一张薄薄的小纸片——对了，薄薄的小纸片……邮票不就是'薄薄的小纸片'吗？君塚老师是不是在手表表盖里藏了一张很昂贵的邮票？凶手为了那张邮票，抢走了老师的手表……"

"为什么要把邮票藏在手表表盖里啊？既然买了昂贵的邮票，那就得放在能随时拿出来的地方，这样才能享受到观赏的乐趣。要是藏在手表里，拿出来得有多麻烦。"

"唔……也是……"

就在这时，玄关传来了敲门声，母亲赶忙朝门口走去。她与来客说了几句话之后，走到会客室说道："圭介，有个自称'密室收藏家'的人找你。他看起来像个绅士，莫非是你们警局的人？"

"密室收藏家？"舅舅面露惊讶的神色，"好，那就快请他进来。不好意思啊姐姐，借你家宝地一用。"

"舅舅，需要我回避一下吗？"

千鹤正要起身，谁知舅舅竟说道："不不，你可不能走。密室收藏家也许会想向你了解一下情况。"

密室收藏家 023

"请问……密室收藏家是何方神圣？"

"他是个非常神秘的人物。一旦发生'密室杀人案'，他就会悄然出现，迅速解开密室之谜。"

千鹤激动得心跳加速——那岂不是会在侦探小说中登场的名侦探吗？

"现实中真有这样的人？"

"我还以为那只是警方内部随便传传的小玩笑，看来是确有其人……"

在母亲的招呼下，一位三十岁上下的男子悄然走进会客室。他走路一声不响，简直像一只猫。看见来人的模样，千鹤不禁深吸一口气。他鼻梁高挺，双目修长，是个不折不扣的美男子，与电影演员有得一拼。

"您是京都府警察部刑事课的村木圭介警部吧？这位是您的外甥女千鹤小姐？非常感谢二位在百忙之中抽空见我。"密室收藏家深鞠一躬，他浑身上下都散发着不食人间烟火的气息。

"哪里哪里，警方正为这起案件犯愁，如果您能为我们提提意见，就再好不过了。我们该从何说起呢？"

"请您叙述一下警方查到的线索，再请千鹤小姐讲一讲昨晚目击的情况，还有能体现出君塚老师性格的日常小事。"

圭介舅舅与千鹤如实道来。密室收藏家一脸平静，侧耳倾听。待两人说完后，他便开口道："真相大白了。"

4

　　千鹤哑口无言，只得盯着密室收藏家。他光听千鹤与舅舅讲述案情就能破案？侦探小说中的名侦探都有非同一般的推理能力，可他们也得左思右想，才能抓到真相的尾巴。千鹤不知这位密室收藏家有多高超的推理能力，可他破案的速度总不会比小说里的名侦探更快吧？莫非……他只是个妄自尊大的妄想狂？

　　想到这里，千鹤有些失望。密室收藏家缓缓道来："解开这个密室之谜的关键，就是那块失踪的手表。警方猜测，那是块值钱的手表，值得凶手去偷，所以才会被凶手带走。但千鹤小姐称，君塚老师的手表很普通，不是什么值得偷窃的宝贝。那第二个可能性就是，被害人在表盖里藏了东西，而这个东西对凶手非常重要，为了得到它，凶手带走了手表。问题是，手表里有没有足够的空间藏东西？综上所述，'凶手为何带走手表'是个未解之谜。

　　"如果我们迟迟找不到一个问题的明确答案，那我们就该怀疑，这个问题本身是不是问错了。在这起案件中，我们可以大胆怀疑，'犯人为何带走手表'这个问题是不是问错了。"

"问题问错了？"

"我们可以换一个角度思考：也许凶手并没有带走手表。"

"可是手表的确不见了。不是凶手带走的，那它在哪儿？"

"也许君塚老师一开始就没有戴手表。"

"没戴手表？不可能。他左手腕有一圈特别白的皮肤，那肯定是戴手表留下的印记。"

密室收藏家微笑着说："看来是我没说清楚。我的意思是，也许君塚老师昨天没有戴手表。从这圈特别白的皮肤判断他平时会戴手表，这一点不会有错。可如果他昨天没戴手表呢？君塚老师穿的是长袖衬衫，手腕不会露在外面，就算他没戴手表，也没人会察觉到。我决定在这个假设的基础上继续推理。"

"君塚老师昨天没戴手表？为什么？"

"第一个可能性，他把手表忘在了家里。可他昨天为千鹤小姐上音乐课时还抱怨过有轨电车来晚了一分钟。由此可见，他肯定随身带有钟表。这意味着，他昨天带着一块能代替手表的表。"

"能代替手表的表？"

"和手表一样能随身携带，又不用戴在手腕上的表，也就是怀表。"

"啊，怀表……"舅舅喃喃道。

"君塚老师买了一块怀表。昨天他没有戴手表，而是带着怀表来到学校。千鹤小姐之所以没有察觉到老师买了怀表,许是因为教室墙上挂着时钟,老师上课时不用掏出怀表来看时间。

"君塚老师穿着长袖衬衫,应该会把怀表放在衬衫胸前的口袋里。而衬衫的口袋开在左边,因此凶手枪击君塚老师时,那块怀表成了挡在左胸的盾牌。子弹虽然击中了他的胸口,却牢牢卡在怀表上,并没有贯穿心脏。然而,的确有一发子弹打穿了老师的心脏,而且怀表也不见了。这意味着什么呢?

"唯一的可能性,就是贯穿心脏的子弹并非千鹤小姐目击到的那一发。在那之后——待君塚老师无力反抗时,有人挪开怀表,对准老师的胸口又开了一枪。"

"贯穿心脏的那一发子弹是君塚老师无力反抗时射出的?那到底是什么时候?再说了,要是千鹤目击到的那发子弹没贯穿心脏,那子弹跑到哪里去了?"

"根据千鹤小姐的证词,凶手开了两枪,君塚老师的身体也摇晃了两次。这说明两发子弹都击中了君塚老师,但第一发被胸口的怀表卡住,老师的身子虽然在冲击力作用下摇晃了一下,可他并没有因那发子弹受伤。第二发子弹击中右胸,他才瘫倒在地。受伤后,君塚老师动弹不得,凶手以为他已经死了,便离开了音乐室。

"但君塚老师并没有死。他唯恐凶手杀回来了结他的性命,便使出全身的力气站起身,从室内锁上了音乐室的门。君塚老师就倒在门口,不用一路爬到门口去锁门,屋里也没有留下爬行时会留下的血迹。如果千鹤小姐没有去值班室叫人，而是继续站在窗外观察，应该会看见君塚老师起身锁门后再次倒下的场景。"

"那打穿心脏的那一枪究竟是什么时候开的？"

"是在音乐室的房门被打开之后。开门后，凶手发现君塚老师并没有死。要是老师还活着，就一定会说出凶手的名字。于是凶手便取出了老师胸口的怀表，对准他的左胸又开了一枪。

"综上所述，君塚老师在音乐室大门开启后才中了第三枪，当场毙命。然而，所有人都以为第三发子弹是最初那两发之一，便认定君塚老师在千鹤小姐目击到枪击时已经死亡。在种种巧合的作用下，密室便成立了。

"那么，开第三枪的人究竟是谁？开门之后，校工师傅与千鹤小姐一同去校长室打电话报警，之后便一直等在校工室。在此期间，桥爪老师独自留在现场。第三发子弹只有可能是在这段时间发射的。也就是说，对君塚老师开第三枪的人就是桥爪老师。"

"桥爪老师竟会……"千鹤倒吸一口冷气。这位英语老师年轻又开朗，千鹤与同学们都很喜欢他。

圭介舅舅反驳道："可桥爪老师有不在场证明。他七点钟去校工室倒茶，还跟校工聊了九分钟。七点零九分前还在校工室的人，怎么可能在短短一分钟时间里赶到音乐室，开枪杀人后再逃跑呢？时间根本来不及。"

"的确来不及，所以最初的两枪并不是桥爪老师开的。他只开了第三枪。"

"啊？"

"桥爪老师七点零九分离开了校工室。在回值班室的路上，他刚巧碰上了从音乐室走出来的凶手。桥爪老师问清了事情的来龙去脉，要走了凶手的手枪，放跑了凶手。因此可以认为，凶手是桥爪老师想要包庇的人。回到值班室后，千鹤小姐便跑到窗口来报信。千鹤小姐和凶手同时从音乐室出发，但她抵达值班室的时间比凶手晚了很多。这是为什么呢？因为校舍的门窗都上了锁，千鹤小姐进不了校舍，只能绕一个大圈子。听说千鹤小姐目击到了凶案，桥爪老师定是惊愕不已。"

千鹤脑中浮现出桥爪老师当时的表情。听完千鹤的话，桥爪老师的确面露惊愕。原来他惊讶并非因为君塚老师中了枪，而是意识到千鹤目击了凶案，他想包庇的人也许被千鹤看到了。

"为了确认案发现场的情况，桥爪老师偷偷带上凶手给他的手枪——大概就藏在外套的口袋里——和千鹤小姐一同前往音乐室。谁知跑到音乐室一看，屋里的君塚老师竟把房门锁上了。"

发现房门上锁之后，桥爪老师神色慌张，他并非担心凶手还在屋里，而是因为他猜到君塚老师还活着。他意识到，是君塚老师锁了房门。也许君塚老师会说出凶手的名字。

"之后，校工师傅拿来钥匙，打开了房门。桥爪老师进屋摸了摸君塚老师的脉搏。君塚老师虽然一动不动，却并没有死，这正是

密室收藏家　029

桥爪老师最担心的情况。桥爪老师谎称君塚老师已经去世，为了转移校工师傅的注意力，他提议搜屋找人，与校工师傅一同确认室内的情况。之后，他又找借口支开校工师傅与千鹤小姐，从君塚老师胸口的口袋里掏出卡住子弹的怀表，用他偷偷带来的手枪，对准君塚老师的心脏开了第三枪，将其杀害。卡着子弹的怀表也是桥爪老师带走的。

"恐怕桥爪老师没有意识到他的所作所为打造出了一个密室。君塚老师还活着，也许会说出凶手的名字，必须尽快杀人灭口——桥爪老师脑中只有这一个念头。

"顺便一提，警官您刚才说，门板内侧的把手与旋钮，还有门板外侧的把手都被人擦过，那应该也是桥爪老师独自留在现场时擦的。不过我以为，他要擦的并不是指纹，而是君塚老师在室内锁门时留在门把与旋钮上的血迹。如果警方看到门把上有血，便会怀疑门是君塚老师锁上的，进而猜测君塚老师身中两枪后还活着。而桥爪老师和校工师傅来开门时，君塚老师还有一口气，但桥爪老师搭脉后宣称君塚老师已经死了。如此一来，警方便会怀疑桥爪老师说了谎。指纹消失的现象，不过是擦拭血迹时产生的副产品。靠走廊的门把手上没有君塚老师的血迹，桥爪老师没必要去擦，但只擦室内不擦室外的，反而容易被警方怀疑。为了瞒天过海，桥爪老师就把两个门把手都擦了。擦走廊那一侧的门把手时，会一并擦去桥爪老师开门时留下的指纹，所以他在擦完后又重新握了一次门把手，以留下自己的指纹。

"很遗憾，现在还没有办法检测出已被擦去的血迹。也许在不久的将来，人们能开发出一种划时代的方法，比如喷上一些试剂，血迹便会发光[1]，就不怕凶手毁尸灭迹了。待到这种检测方法普及开来，警方就不会为本案这样的密室犯愁了——只要将试剂往门把手上一喷，血迹便会显现，警方便会意识到锁门的就是君塚老师。"

"要真有如此神奇的试剂，那我们这些警察可就省心了……"

"那么，向君塚老师连开两枪的凶手究竟是谁？如前所述，凶手行凶后，在离开音乐室的半路上遇见了从校工室往值班室走的桥爪老师。请二位仔细想一想，照理说，凶手与桥爪老师不可能相遇。若将校舍比作一个巨大的E字，那么校工室与值班室就在E字的纵线上，而音乐室在正中间横线的最东端，凶手是沿着中间的横线从东往西逃跑的。可他特地割开了音乐室门口的走廊窗户，爬窗进入校舍，行凶之后应该也会原路返回。他没有必要沿着走廊逃跑，却偏偏选择了这条路，撞见了桥爪老师。这意味着什么呢？

"从正中间横线的最东边往西跑，横线与纵线的交点前方就是校舍的正面玄关。凶手之所以选择这条路线，是为了从正面玄关逃跑，而不是翻窗逃离校舍。"

"从正面玄关逃跑？可是正面玄关的大门一到晚上就会上锁，

---

[1] 此处暗指鲁米诺反应，可以鉴别经过擦洗的血痕。日本警方在1949年7月发生的"下山事件"中第一次使用鲁米诺反应进行调查，而《柳园》发生于1937年。

密室收藏家　031

只有校工堂岛和校长才有那扇门的钥匙。"

"所以凶手就在他们之中。校工堂岛师傅有不在场证明，因此凶手就是校长。校长右脚不便，平时需要拄拐。他伪造出凶手破窗而入的假象，却用钥匙打开了正面玄关的大门，从正门走进校舍。行凶后，他本想从正门溜出去，便沿着走廊往西面逃，不料却撞见了从校工室走向值班室的桥爪老师。桥爪老师问出校长的所作所为，决定包庇校长。校长若是被捕，学校的声誉便会一落千丈，家长们会让孩子退学。柳园女校毕竟不是公立学校，失去学生，只得关门大吉。学校没了，桥爪老师也会失业，为了保住自己的饭碗，他决定包庇校长，还向君塚老师开了致命的一枪……"

5

次日晚上，圭介舅舅再次造访千鹤家。警方根据密室收藏家的推理，审问了校长牧野善造与桥爪老师。案发时，校长没有不在场证明。在警方的追问下，校长对自己的罪行供认不讳。听闻校长认罪后，桥爪老师也坦白了自己的罪行。他很清楚，既然校长认了罪，他的行为就没有任何意义了。

校长供述，他收供应商回扣的事情被君塚老师知道了。君塚老师以此为把柄，三番五次勒索校长。校长忍无可忍，决意杀害君塚老师。校长年轻时曾参加过日俄战争，熟悉枪支。他买了一把最新式的勃朗宁手枪，枪声却是个很大的问题。他也考虑过把君塚老师叫去人迹罕至的地方，如此一来就不用担心有人听见枪响，但那样做，君塚老师必会起疑。要在君塚老师不起戒心的情况下行凶，最合适的地点莫过于音乐室。可是，即便在四下无人的夜间行凶，校工室与值班室里的人也有可能听见枪响。于是校长利用职务之便，将音乐室重新装修一番，做好充分的隔音措施，防止枪声传到值班室与校工室。案发当天，校长与君塚老师闲聊，打听出老师当晚要在音乐室练琴。下班后，校长偷偷溜回学校，用玻璃刀割开音乐室门口走廊的窗户，把手伸进洞口开锁开窗。校长右脚不便，自然无法翻窗入室。伪装工作完成后，他用钥匙打开了正面玄关的大门，悄悄溜进校舍，前往音乐室。

校长敲门后，君塚老师开门让他进屋。随后校长关上了房门，以防枪声外漏。这时，君塚老师问："这么晚了，您来学校干什么？"校长回答："我有一件礼物要送给你。"说完，他便迅速掏出手枪，对准君塚老师开了两枪。

校长误以为君塚老师已死，便离开音乐室，拖着不方便的右腿，沿着走廊全速赶往正面玄关。谁知他在半路上撞见了从校工室往值班室走的桥爪老师。校长本想拔枪，却被年轻力壮的英语老师轻易制住，连枪也被夺走。校长只得作罢，老实交代他杀了君塚，惊得桥爪老师一脸愕然。就在这时，他们听见有人在猛敲值班室的窗户，顿时心惊胆战。敲窗户的人就是千鹤，但他们当时对此一无所知。桥爪老师对校长说："我会帮您打掩护，您快逃！"说完便赶回了值班室。"大晚上的，谁在敲窗户啊！"校长一边听着桥爪老师的怒吼，一边从正面玄关逃出校舍。

具有讽刺意味的是，君塚老师胸前口袋里的怀表，正是校长用来讨好老师的礼物之一。就是这块怀表，打乱了校长的行凶计划。

校长与教师同时被捕，柳园高等女校自是闹翻了天。正如桥爪老师担心的那样，家长们争先恐后把自家女儿转走了。千鹤的母亲也觉得，让女儿在闹过凶案的学校上学有损清誉，想把千鹤转去别的女校。但千鹤坚持要继续去柳园高等女校上学。在父亲的支持下，千鹤如愿以偿。她为何如此坚持？因为她觉得，如果连她都退学了，那桥爪老师最担心的结果也许会变成现实。桥爪老师的行为的确天理难容，可他最怕的就是学校关门。千鹤的坚持，算是为她心仪的老师送上的践行之礼。

"您后来见到密室收藏家先生了吗？"千鹤问道。

圭介舅舅摇头回答道："没有，自那以后他就杳无音讯了。我本想告诉他，他的推理完全没错，还想向他道个谢……"

昨晚，圭介舅舅听完密室收藏家的推理后，便赶往京都府警察部汇报情况。千鹤走出会客室，想为收藏家重新沏一壶热茶。谁知，当她端着沏好的茶走回会客室时，密室收藏家早已不见人影。母亲一直守在玄关门口，说没人从玄关出去。可收藏家若是从后门走的，在厨房烧水的千鹤岂会察觉不到？可他偏偏如同一缕青烟般消失无踪。千鹤绞尽脑汁，试图解开收藏家消失之谜，却久久未能灵光一闪。她的直觉告诉她，唯有密室收藏家的消失，无法像侦探小说中的谜题那样真相大白。

　　密室收藏家与千鹤只有一面之缘，但他的身影在千鹤脑中留下了深深的烙印。毕竟，他正是一位存在于现实世界中的名侦探。真想再见他一面，再听他推理一番——千鹤心中埋下了一丝期许。也许要等上好几年，甚至是好几十年，但希望有朝一日，能再次……

少年与少女的密室

一九五三年

1

柏木英治第一次见到鬼头真澄与筱山薰，是在新宿的人潮之中。他这辈子也不会忘记，那是昭和二十八年[1]九月十二日的夜晚。

周六晚上八时许，新宿站东口人潮涌动。刚下班的工薪族、蓝领打扮的男子、大学生模样的年轻人、花花公子……各色各样的人在街头来来往往。二战结束后八年，在空袭中化作一片焦土的新宿已不见木板房的踪影，钢筋水泥建筑拔地而起，鳞次栉比。日本已在复兴之路上迈出坚实的一步。

"走路不长眼睛啊，混账东西！"突然，一名男子的怒吼声响彻街道。柏木英治转头一看，只见身着立领西装校服的少年与一身水手服的少女跌坐在地，被四个无赖团团围住。看来少年与少女是不小心撞到了无赖们，被打翻在地。无赖们岂会错失良机，自是大

---

[1] 1953年。

做文章。

行人唯恐引火上身，纷纷加快脚步，对少年与少女视若无睹。

四个无赖都不到二十五岁。他们面露奸笑，俯视少年与少女，好似发现了绝佳猎物的掠食者。

少年站起身，扶起一旁的少女。他拍拍校服上的尘土，狠狠瞪了无赖们一眼。少年身材高挑，五官充满知性气质，看上去像是高二或高三的学生。少女与少年年纪相仿，身材娇小，温文尔雅。两人的学生证都落在地上，也许是撞到无赖时从口袋里掉出来的。

无赖之一捡起两张学生证，定睛一看，脸色大变道："喂，你叫鬼头真澄？你是鬼头仙一的什么人？"

少年与少女沉默不语。

"你要是跟鬼头仙一有关，那我们可不能随随便便放你走。上个月，我们兄弟受了你家小喽啰的'关照'，我们可得好好回礼才行。"

少年瞪着无赖说："我就是鬼头真澄，是鬼头仙一的儿子。"

少女惊愕地望向少年。无赖咧嘴奸笑："呵，我早就听说鬼头仙一有个孩子，原来你就是他儿子。那就麻烦你跟我们走一趟。"

听到这话，柏木朝一行人走去。见柏木这样的彪形大汉朝自己走来，无赖们脸上顿时露出一丝紧张的神色，不过还是相当笃定，也许是仗着人多势众吧。

"不就是撞了一下，至于闹那么大吗？他们还是高中生，各位还请高抬贵手。"

"大叔，少管闲事，不想挂彩就赶紧闪开吧。"一个无赖边说边从衣服里掏出一把刀，举在柏木面前晃了晃。

柏木叹了口气，说道："你们的脑子是不是被'秋老虎'热坏了？要不要去新宿警署冷静一下？"

无赖赶忙把刀收了回去："您是新宿警署的警官？"

"我是荻洼的，但我在新宿警署有的是熟人。要不，我跟他们打个招呼，把你们关进拘留室凉快一晚，如何？"

无赖们气焰全无，顿时老实了。

"这么多无赖站我眼前可真碍眼。快把学生证还给人家，有多远滚多远！"柏木扬起下巴喊道。

无赖们赶忙把学生证一丢，快步离去。

"多谢您挺身相救。"自称鬼头真澄的少年深鞠一躬。一旁的少女也低头道谢。

"不客气。虽然我今天不当班，但好歹也是个刑警。不过……你们还是高中生吧？这么晚了，怎么还来这种地方？"

"我们在武藏野馆看了雷内·克莱芒导演的《禁忌的游戏》，心情特别激动，一时不想回家，就找了家咖啡厅聊天，回过神来才发现已经这么晚了……"

"看电影有些感触在所难免，可要是不快点回家，小心家人生气。萍水相逢也是缘，我打个车送你们回家吧。"

柏木招手拦住一辆挂着"空车"牌子的出租车,让少年与少女坐在后排,自己则坐在了副驾驶座上。

"我好像还没做过自我介绍。我叫柏木英治,是荻洼警署保安课的警员。"

"我叫鬼头真澄。"少年说道,他眼神凌厉,双唇紧抿,仿佛在彰显坚定的意志。

"我叫筱山薰。"少女轻声说道。她梳着两条麻花辫,一眼便知是正经女孩。可不知为何,她身上总有一丝落寞的气息。

少年与少女的校服右胸口都别着一个"诚直"字样的校徽。诚直学园高中是一所私立名校,位于中央线国立站附近。

"你们是同学?"

"是的,"少年回答道,"我们都读高二,在同一个班级。"

你们在交往吗——柏木本想提问,却把问题咽了回去。从少年与少女间的亲密氛围便能看出,他们应该是男女朋友。可他们的凛然正气让柏木问不出口。

"那就先去筱山小姐家吧。女孩子还是早点回家为好。"柏木说道。

"这里离鬼头同学的家更近,要不先去鬼头家吧。"少女说。

少年却说:"不,先去筱山同学家吧。"

筱山家位于杉并区荻洼的恬静住宅区,是一栋两层楼高的小洋房。房子占地面积很大,四周围着砖瓦围墙。少女在自家正门口下车，对柏木深鞠一躬，说道："感谢您的帮助。"随即又对少年挥了挥手，"谢谢你。"她脸颊上的小酒窝，在柏木眼中留下了深深的烙印。

之后，出租车开向了位于中央线中野站附近的鬼头真澄家。

"真是个好姑娘啊。"柏木说道。

少年腼腆地笑道："我知道我还在上高中，满口大话可能会让您笑话，但我希望有朝一日能娶她为妻。"

"我才不会笑话你呢。与社会上的一大半成年人相比，你要稳重可靠得多。你们一定能有情人终成眷属。"

"谢谢……"少年说道。

"虽然我不负责你家所在的片区，但我听说过令尊的名字。他是不是希望你能子承父业？"

少年摇头回答："也许吧，但他真要我继承他的事业，我绝不会答应的。"

"她……了解你的情况吗？"

"嗯。即便如此，她还是愿意与我在一起。"

"真是个好姑娘……"柏木又重复了一遍，"你可得好好珍惜她。"

少年在鬼头家门口下了车。"多谢您的帮助。"说完，他深鞠一躬。柏木说了句"再见"，示意出租车司机开车。回头望去，只见少年正在路边对柏木挥手。柏木也轻轻挥了挥手。

柏木顿感心中亮起了一盏温暖的小灯。

2

两个月后,十一月二十八日星期六,柏木第二次见到了鬼头真澄与筱山薰。那也是他最后一次见到活着的少年与少女。

那天,柏木英治所属的荻洼警署保安课接获线报,说有人要在荻洼的空屋交易走私烟,于是警局决定派人监视那栋屋子。专卖法规定,香烟的制造、进口与销售只能由日本专卖公社[1]进行,但有人偏要铤而走险,买卖走私入境的美国香烟。

而那栋需要监视的空屋,正巧在筱山薰家的东边。两栋房子之间只隔着一道墙,除了相接的那一边,剩下的三边都对着马路。换言之,筱山家与空屋形成的四边形处于"四面环路"的状态。

问题是,该在哪里安排人手?最简单的方法,莫过于派刑警守住空屋的正门与后门,可门口站着人,香烟贩子一眼就能看到。他

---

[1] 日本专门从事烟草、盐与樟脑买卖事业的国家机构。后改组为日本烟草公司。

极有可能产生戒心，取消这次交易。而且空房与筱山家不过一墙之隔，贩子也可能从筱山家那一侧进来，再翻墙来到空屋。警方不仅需要监视空屋，还要派人守住筱山家的出入口。

要用尽可能少的人手布下天罗地网，最好的方法就是在筱山家与空屋形成的四边形的四个角上分别安排一位警员驻守，每位警员盯好一条边——即与四角形相接的四条马路。两栋房子的正门、后门与围墙都靠着马路，警官们只要牢牢守住自己负责的那条路，贩子就不可能偷溜进屋。

警局安排了四位警官负责把守，柏木也是其中之一。柏木之外的三位警官还有许多杂务没有完成，他便孤身一人先行一步去了交易现场。

柏木于下午一点左右抵达现场。他站在四边形的西南角，面朝东面，监视眼前的这条马路。他的左手边依次是筱山家的砖墙、正门、砖墙、空屋的砖墙、正门与砖墙，再往前会与南北走向的马路相交，左拐后一路通向荻洼。

说不定我今天能再见筱山薰一面。柏木回忆起少女温文尔雅的面容。

也许是因为这里是高级住宅区，路上人烟稀少，柏木正在监视的空屋也没有人进出。单调的时间缓缓流逝，天色阴沉，随时都有可能下雨。

两点，少女的身影出现在朝左的拐角处，大概是从荻洼站走过来的。她身着水手服，右手拿着书包。今天是星期六，学生们中午就放学了。她不是在学校吃了便当，就是在别的地方用了午餐，然后才回的家。少女走进了筱山家的正门。

剩下的三名警官在两点半前悉数到位。他们分别站在四边形的东北角、西北角与东南角，面朝西侧、南侧与北侧进行监视。

过了一会儿，一滴水落在柏木的脸颊上。紧接着是第二滴、第三滴……柏木仰望铅灰色的天空，皱起眉头。真的开始下雨了。他打起随身带来的雨伞，抬手看了看表，现在是三点十分。

三点二十五分，少年出现在朝左拐的马路尽头。他也撑着伞，还在校服外面套了一件大衣。他是来少女家做客的吗？少年走进筱山家的正门，一副熟门熟路的样子。看样子，他已经来过筱山家好几次了。

之后，筱山家便再没来过一位客人，也没有人从屋里走出来。

雨一直下到四点，四周的马路因雨水而泥泞不堪。柏木冻得瑟瑟发抖，但还是硬着头皮继续监视。每次碰到这种情况，他都会深刻体会到什么叫"干一行恨一行"。

就在这时，刺耳的警哨声传来，柏木大吃一惊。从声音的来源看，吹哨的应该是守在东北角的同事，他定是看见了走私烟的贩子走进了空屋。抬眼一看，恰是五点。柏木一路狂奔，冲进空屋正门，来到后院。只见一名形迹可疑的男子正从后门那边跑来，他应该就是警方守候多时的贩子。他从房子的侧面跑过，直冲空房正门。见柏木挡住自己的去路，贩子十分惊愕，赶忙转身，无奈柏木的同事及时赶到。见状，贩子只得翻墙逃进西边的筱山家。

柏木与同事立刻翻墙进入筱山家。筱山家的院子里种着松树，甚至还有假山。贩子从楼房旁边穿过，企图逃向正门，却因惊恐过度，脚下一软，在被雨水打湿的地面上打了滑。柏木赶忙扑向他，将他死死压在身下，再用手铐将他的双手铐在背后。同事喘着粗气，冲到柏木身旁。

"我上当了！我上当了！"贩子喊个不停。

"你上什么当了？"柏木问道。贩子回答说，供货商没有现身。供货商跟贩子说好了，会在那栋空屋里准备三大箱走私烟，可空屋里并没有货。供货商提前收了钱，却没有交货。

"那人背信弃义，简直岂有此理！"贩子一本正经地说。柏木忍俊不禁。

就在这时，柏木察觉到了一丝异样。哪里不对劲？柏木仔细琢磨，才意识到问题所在。外面动静这么大，筱山家却没有人走出来查看情况。照理说，屋里的人肯定会出来张望一番。屋里的灯还亮着，这说明屋里肯定有人。

柏木将贩子交给同事看管，自己则来到玄关，按下门铃。没人应答。他按了第二次、第三次，可还是没人来开门。他伸手握住门把手一转，竟发现门没有上锁。他推门进屋，大声喊道："家里有人吗？"屋里仍然鸦雀无声。

"喂，怎么回事？"同事问道。柏木道出了心中的疑虑。听完后，同事脸上也露出了怀疑的神色。

"进屋看看吧。"柏木说着便脱鞋上到走廊，同事紧随其后。他们首先打开了右手边的房门。

门一开，柏木便意识到，不祥的预感成真了。

呈现在他们眼前的似乎是筱山家的会客室。地上铺着地毯，屋里摆着玻璃茶几与沙发。而鬼头真澄与筱山薰就倒在地毯上，少年的大衣掉在一旁。少年穿着西装校服，少女穿着水手服。少年将少女紧紧拥在怀中，两人的胸口都被鲜血染成了红黑色。少年的胸口，竟插着一把尖刀。

3

柏木与同事立刻对筱山家展开搜索。毕竟他们都是刑警，早已养成习惯。如果本案是谋杀，那就意味着凶手可能还藏在屋里。同事上了二楼，柏木则负责检查一楼。客厅、餐厅、厨房、女佣房、浴室、厕所……屋里空无一人。从二楼下来的同事也摇了摇头。

"二楼是主卧室、孩子的房间和客房，一个人也没有。"

柏木与同事走出屋子，将屋里发生的一切告诉了另外两名同事。除了柏木，三名同事分别守在筱山家与空屋形成的四边形的东北角、西北角与东南角。他们都表示，自下午两点半各就各位后，就再也没有人进出过筱山家与空屋。站在西南角的柏木在两点见到少女走进筱山家，又在三点二十五分见到少年走进筱山家，除此之外也没有目击到可疑人物。

柏木绕着筱山家的房子转了一圈。庭院泥泞的地面上，只有柏木与三名同事的脚印。因此可以认为，没有其他人在四点雨停之后出入过筱山家。而雨停之前进入筱山家的只有筱山薰与鬼头真澄。除了他们之外，屋里没有其他人。

柏木的同事们是两点半就位的，凶手也许可以在这之前从后门溜进筱山家杀害少女，也不会被柏木看见。可少年三点二十五分才到，凶手不可能在杀害少年之后悄然溜走。莫非这不是凶杀案，而是殉情？是少年先用刀刺死了少女，再对准自己的胸口捅了一刀？

同事之一用客厅的电话联系了荻洼警署。十五分钟后，搜查课的刑警们赶到现场。又过了十五分钟，警视厅搜查一课的刑警们也赶了过来。宁静的住宅区一阵骚动。

柏木在搜查一课的刑警中发现了一个熟悉的身影。那人戴着眼镜，额头很高，颇有知识分子的派头。他叫江藤，是柏木在警察练习所——现在已更名为"警察学校"——认识的同学。柏木一脸凶相，人高马大，一看就是个刑警，而江藤更像银行职员。可不知为何，江藤与柏木特别合得来，毕业后也常有来往。

"听说死者是一男一女两名高中生。发现遗体的人是你？"江藤问道。

"是啊。他们一个叫鬼头真澄，一个叫筱山薰。"

"连名字都查清楚了，真有你的。"

"实不相瞒，我两个月前碰巧见过他们。他们在新宿被一群无赖缠上，我帮了他们一把。"

柏木告诉江藤，警局派他们来监视空屋与空屋西侧的筱山家，以抓捕交易走私香烟的犯罪分子。他是下午一点就位的，其他同事则是两点半来的。

"筱山薰是下午两点回来的，鬼头真澄则是三点二十五分进的屋，除此之外再也没有人进出过这栋房子。我的同事们也说，在香烟贩子五点出现在空屋后门口之前，他们没有见到任何人。"

"这样啊。多谢你提供情报。"

"我有件事想拜托你。他们的遗体不是被送去医院了吗？如果你要去医院，能不能带我一起去？你放心，我就看看，不会轻举妄动的。"

"我是无所谓，可你要去医院干什么？"

"我就是放不下他们……你问我为什么，我也说不出个所以然来。"

江藤笑道："你啊，老是对案件的被害人投入过多感情。行，我去医院的时候叫你一声就是。"说完，他便与其他搜查一课的刑警一道走进了筱山家。

两小时后，柏木与江藤一起来到中央医科大学附属医院一层的候诊室。两具遗体已被送入太平间，等候司法解剖。警方已经联系了两位高中生的家长，他们会在司法解剖前赶来见孩子最后一面。

鬼头真澄的父亲鬼头仙一是黑帮"鬼头组"的组长。鬼头组主要在新宿一带活动。柏木不是新宿片区的，并不了解鬼头家的详细情况。方才江藤告诉他，真澄的母亲曾是酒吧女服务生，在八年前的空袭中不幸去世。

筱山薰的父亲于八年前因肺结核病逝，薰平时与母亲久子和女佣一起生活。久子是明央银行行长之女，家财万贯，不愁吃穿。

"我跟同事们进筱山家的时候，死者的母亲和女佣都不在家，她们是不是出门去了？"

"死者的母亲久子昨天出门去见女校的同学，是在外面过的夜。起初我们也不知道久子上哪儿去了，正犯愁，谁知六点一过，她就回来了。知道孩子出事后，她几乎快疯了，大喊大叫'让我见见薰啊！'可当时遗体已经被送进医院了。我们在旁边看着，觉得她实在可怜。我们问她有没有人能过来陪着，她说自己有个妹妹叫菊子，住在横滨。于是我们就联系了菊子，请她过来一趟。再过一会儿，菊子应该就会陪着久子过来了。"

"那女佣呢？"

"久子给女佣放了两天假，她昨天跟今天都不用来上班。"

这时，医院正门打开，三个男人走了进来。走在正中间的是个四十五六岁的彪形大汉，两旁的年轻男子看上去像是他的保镖。大汉一脸杀气，一看就是"道上"的人。三人瞥见柏木与江藤，便缓缓朝他们走去。

中间的男子开口问道："请问您是警局的人吗？"江藤点了点头。男子随即说道："辛苦了。我是鬼头仙一。"

江藤回答道："请您节哀顺变。"

鬼头仙一用极为低沉的声音问道："能让我见一见真澄吗？"他的五官轮廓棱角分明，气场粗野，与那位文雅的少年并不相像。江藤吩咐医院的工作人员带仙一一人前往太平间。

十多分钟过后，鬼头仙一回到候诊室。他虽然面无表情，眼角却是通红的。"我有几个问题要问您，"江藤问道，"请问您知道真澄为什么要与筱山薰殉情吗？"鬼头仙一沉默不语，摇了摇头。

正门再次开启，两位富太太模样的女子走进医院。四十岁上下的女子哭得双眼通红，另一位三十岁前后的女子扶着她的肩膀。

江藤上前一步说道："麻烦二位跑一趟，真是不好意思。"看来这两位太太就是筱山薰的母亲久子与她的妹妹菊子。两人一身贵气，让柏木不禁回忆起那位与"正经女孩"四字无比吻合的少女。

筱山久子一看到鬼头仙一的身形与打扮，便立刻猜出了他的身份。她厉声喊道："肯定是你家孩子勾引了我的孩子！我的孩子！把我的孩子还给我！"

"姐姐……"菊子赶忙拉住久子的袖子。鬼头仙一一言不发，盯着久子看了一眼，便带着两位保镖扬长而去。

久子与菊子在医院工作人员的带领下前往太平间。回来时，久子双手掩面，医护人员与妹妹菊子一路搀扶着她。

"请问，您知道您的孩子为什么会和鬼头真澄殉情吗？"

"小薰肯定是被那个叫鬼头真澄的骗了！那种人家的孩子，肯定没什么盼头，会觉得活着没什么意思，才会拉着我家小薰一起寻死！小薰心肠好啊，一心软就……我……都怪我……要是我昨天没出门见朋友……都怪我给女佣放了假，家里只剩小薰一个人了。那个真澄就趁虚而入……"话没说完，久子便泣不成声。

妹妹菊子幽幽道："实不相瞒，今天下午三点，小薰曾给身在横滨的我打过一通电话。"

柏木与江藤目不转睛地看着菊子。

"我总觉得……小薰在电话里说的就是遗言。要是我能好好劝一下，事情就不会变成这样了……"

"能否请您详细讲一讲那通电话的内容？"

菊子称，她在广播台的古典音乐节目开播时，接到了薰打来的电话。当时恰好是下午三点。

——我这边开始下雨了呢。阿姨,您那边呢?

菊子心想,谁会因为下雨特地打电话过来,便赶忙问道:"怎么了?出什么事了?"薰犹豫了许久,最终开口了。

——我即将远行,想跟阿姨您道个别。

——远行?你要去哪儿?

——到时候您就知道了。我现在还不能告诉您……再见。

说完,薰便挂了电话。

江藤捧起胳膊说道:"我即将远行,想跟阿姨您道个别——这话听起来的确像遗言……"

"我担心得不得了,想再跟小薰说两句话。我给姐姐家打了好几通电话,可小薰就是不接。我真想立刻赶去姐姐家看看,无奈横滨离荻洼太远了,我只能自我安慰,告诉自己小薰是个懂事的孩子,不会做傻事。我做梦也没想到,小薰会出这种事……"

"小薰没有给母亲打电话,也没有留下遗书,却跟您道了别。莫非这孩子跟您特别亲?"

"是啊,我从小薰很小的时候起就对那孩子疼爱有加,小薰也跟我亲近,有什么事都爱找我商量。那个年纪的孩子一般都不愿意跟姨母谈心,可小薰跟我从来都是无话不谈。我也知道小薰在跟鬼头真澄交往……"说完,菊子轻轻拭去眼角的泪水。

4

次日的晨报报道了少年与少女的案件，文章篇幅很短，只提及"一对高中生在荻洼的家中非自然死亡"，并未给出现场的详细情况，更没有刊登少年与少女的名字与照片。筱山久子是明央银行行长的女儿，听说她借助父亲的人脉，向报社与广播电台施压，让媒体尽可能少报道这起案件。

当天晚上，柏木来到荻洼警署的刑警办公室面见江藤警官，想了解案情的最新进展。不知为何，他就是放不下那对少年与少女。

"司法解剖出结果了没有？"

"据推测，两位死者的死亡时间是下午两点到四点之间，死因都是左胸的刀伤。从伤口形状看，他们是被同一把刀刺死的。不过鬼头真澄是当场死亡，筱山薰被刺后好像还活了十来分钟。"

"你的脸色好像不太好。怎么回事？"

"实不相瞒，我们怀疑这起案子不是殉情，而是谋杀。"

"谋杀？"

"是啊。鬼头真澄和筱山薰的惯用手都受了伤，没有力气用刀捅死对方。我们打听到，他们俩都在体育课上伤到了手。"

"此话当真？"

"医生也确认过，的确有这么回事。他们是被第三者捅死的，然后这个第三者把现场伪装成了那副模样。"

"刀上有指纹吗？"

"只有少年的指纹。凶手先捅死了筱山薰与鬼头真澄——我也不知道凶手先杀的是谁——再擦掉刀柄上的指纹，把刀塞到少年手里。问题是，凶手不可能杀死他们两个。"

"此话怎讲？"

"先看筱山薰。薰是下午两点回来的，两点半之前，没人守着筱山家的后门，凶手可以在两点到两点半之间出入后门，神不知鬼不觉地杀死薰。但薰不可能死在两点半之前。因为薰在下午三点给姨母菊子打过电话，我们至少可以肯定，薰在三点前还活着。法医说薰中刀后还活了十来分钟，就算菊子接到电话时薰已经受了伤，也只能把行凶时间倒推至两点五十分。但两点半过后，筱山家就在警官们的监视之下，这就意味着凶手并没有机会杀害薰。"

"啊……"

"再看鬼头真澄。真澄于三点二十五分到达筱山家。当时警官们已经全部到位，凶手不可能在真澄进屋后再溜进去行凶。而且真澄是中刀后当场死亡，不可能在外面受伤之后再走进屋里。既然是当场死亡，那就意味着真澄是在进入筱山家之后中的刀。可凶手总不可能在你和你同事的眼皮底下堂而皇之地走进筱山家行凶吧？

"再者，案发现场在三点十分到四点下了雨，现场周围的地面十分泥泞。你和你同事发现他们的遗体后也检查过筱山家的院子，只找到了你们自己的脚印。换言之，凶手不可能在你们开始监视前溜进筱山家藏着，行凶后继续躲在屋里，直到你们五点发现遗体后再伺机逃跑。如果犯人一路躲到五点多，泥泞的地面上一定会留下他的脚印。"

"如果两位死者不是双双殉情，我们就必须搞清凶手是如何在我们的眼皮底下出入筱山家的。"

"就是这么回事，简直跟侦探小说里的密室杀人案一样。搜查本部的人都快愁死了。"

"如果菊子对警方撒了谎呢？薰没有在三点给她打过电话，不就意味着薰的死亡时间有可能会更早一些吗？也许凶手在所有警官到位之前就已经把薰杀掉了呢？"

"菊子何必说谎呢？"

"也许杀死薰的凶手就是菊子。她在两点半之前杀害了薰，为了制造不在场证明，便谎称自己在三点接到了薰的电话，这样不就说得通了吗？如此一来，警方就会误以为案发时间在三点以后，她只要准备好三点之后的不在场证明……"

"搜查本部也考虑到了这种情况。但菊子在案发当天正午到三点前一直与别人在一起,不可能在两点半之前杀害薰。况且照你刚才的理论,菊子应该会准备好三点以后的不在场证明,但她三点以后一直独自在家,并没有坚不可摧的不在场证明。"

"也许菊子并不是凶手,而是在包庇凶手。只要照这个思路想,就算她有三点前的不在场证明,就算她没有准备好三点后的不在场证明,薰打给她的那通电话都有可能是她编出来的。"

"你的意思是,菊子为了包庇犯人,编出那通三点的电话?"

"没错。如果事实真是如此,就意味着凶手是菊子愿意去包庇的人。只有亲人才值得一个人去做伪证,比如她的姐姐——薰的母亲久子。"

江藤微微一笑:"看来你跟搜查本部英雄所见略同。可是,搜查本部已经把菊子亲人的不在场证明都查了一遍,其中也包括久子。我可以很明确地告诉你,所有人都有两点半前的不在场证明。也就是说,他们都不可能在两点半之前杀死薰。"

柏木不禁苦笑。也是,连他都能想到的可能性,搜查一课的精英们岂会想不到?

"如果三点的那通电话是菊子的谎言,我们就能解开薰的死亡之谜。可是菊子并没有撒谎的动机。"

"那……也许凶手用录音机录下薰的声音,等三点一到,再打电话给菊子,把录音放给她听。这样就能让菊子误以为薰在三点时还活着,不是吗?"

"这个说法也不成立。薰在电话里对菊子说'我即将远行',菊子问'你要去哪儿?'薰的回答是'到时候您就知道了。我现在还不能告诉您'。录音机怎么可能如此对答如流。"

"可……既然死者不是殉情的,那薰说的'我即将远行'又是什么意思?"

"他们大概打算私奔。"

"私奔?"

"嗯。鬼头仙一总是对真澄拳打脚踢,而筱山薰十分同情真澄。负责司法解剖的法医说,真澄身上有好几处瘀伤,十有八九是被鬼头仙一打出来的。"

"学校的老师就不管管吗?"

"老师们怕是也隐隐约约知道一点。真澄高一时的班主任当过兵,天不怕地不怕,还去找鬼头仙一谈判。谁知这老师第二天下班时,被几个混混围起来暴打一顿,住了整整一个月的医院。打那以后,学校就再也没干涉过真澄的家庭问题。筱山薰非常同情鬼头真澄。而且薰反对母亲再婚,一直有离家出走的念头。甚至跟同学说过,'我想退学,跟真澄远走高飞,找份工作,好好过日子……'"

那不过是不知世事的少女在痴人说梦——也许人们会如此嗤之以鼻。但柏木觉得,这才是无比珍贵的真情流露。

"他们打算私奔到哪里去?"

"不知道。"江藤摇头道。

"那他们昨天出现在筱山家之前都干了些什么？"

"昨天是星期六，十二点四十分就放学了。其他学生一放学就回家，但有几个学生目击到鬼头真澄与筱山薰在教室的角落里说悄悄话，好像在商量什么事情。真澄说自己再也无法忍受父亲的暴力了，而薰似乎提了个建议，多半是'我们今天就私奔'。之后，他们一点多来到小卖部买了面包，又在一点二十分左右走出学校正门，小卖部员工与学校门卫可以作证。从中央线国立站附近的学校回到荻洼的筱山家大约需要四十分钟，包括坐电车的时间与步行时间。这说明离校后薰直接回了家，而真澄去了其他地方，直到三点二十五分才来到筱山家。我们至今都没有查到真澄在这段时间做了什么。"

鬼头真澄的时间线上有长达两小时的空白。从一点二十分离开学校到三点二十五分出现在筱山家。这段时间里，鬼头真澄究竟做了什么？

"也许鬼头真澄去买私奔时用的旅行包了……"

听到柏木的话，江藤点了点头："搜查本部也作过这样的猜测，便拿着鬼头真澄的照片去学校周边的箱包店问了一圈，可店员们都说没见过这样的学生。我们也没有在案发现场发现旅行包。凶手不可能把旅行包带走，也许鬼头真澄压根就没有买包。"

"那……鬼头真澄在三点二十五分之前究竟干了什么？"

"我们也是一头雾水。"

然而更让人费解的是，少年与少女分别走进筱山家后究竟发生了什么。筱山薰于两点回到家中，并在三点与姨母打电话告别。鬼头真澄于三点二十五分来到筱山家。之后，凶手杀死了他们，并让少年的尸体抱住少女，制造两人殉情自尽的假象。问题是，凶手如何在柏木和同事们的眼皮底下进出筱山家？

"这起案件还有一个疑点。鬼头仙一称，今天早上一个自称'《每朝新闻》记者'的男人打电话去鬼头家问'您家的孩子有没有写下遗言'，鬼头仙一破口大骂道'去死吧'，随即挂了电话。听说这件事之后，搜查本部特地联系了《每朝新闻》编辑部求证，得到的答复是，没有一位记者打过这样的电话。"

"也就是说……打电话去鬼头家的就是凶手？"

"可能性非常大。'鬼头'这个姓氏挺罕见，一查黄页就能找到。凶手肯定在担心鬼头真澄会不会写下他的名字。问题是，搜查本部联系了筱山薰的母亲，她说她并没有接到类似的电话。换言之，凶手并不担心筱山薰写下他的名字，偏偏怀疑鬼头真澄道出真相。凶手何必区别对待这两位死者呢？"

5

次日早晨。柏木走出自家公寓去警局上班。就在这时……

"您是荻洼警署保安课的柏木英治巡查部长吧？"

一位陌生男子突然上前搭话。此人大概三十岁上下，身材高瘦，鼻梁挺拔，五官精致，有一双修长而清透的眸子。

"请问您是哪位？"

"非常抱歉打扰您上班了，在下是密室收藏家。"

"密室收藏家？"

柏木目不转睛地盯着男子。他好歹是个刑警，自然听说过"密室收藏家"的大名。没人知道密室收藏家姓甚名谁、从事什么本职工作。一旦有侦探小说里常见的密室杀人案发生，他便会悄然出现在案发现场或搜查本部，了解案情的详细情况。如果密室收藏家只是个普通的怪人也就罢了，问题是，国家地方警察本部会打电话给搜查本部，要求所有人全力配合他。

"听说前天发生在荻洼的密室杀人案中，您是最后一个目击到两位被害人的人，也是遗体的第一发现人。能否请您详细讲一讲案发时的情况？"

"我是保安课的人，没有参与这起案件的调查工作。如果您想了解案情，应该去找搜查本部，找我可没什么用。"

"我自然有这个打算，但我想先向您了解情况，然后再去搜查本部。"

"如果您还没去过搜查本部，那您怎么会知道我是最先发现遗体的人呢？而且，您是怎么查到我的住址的？"

男子微笑道："因为我是密室收藏家。"

说了等于没说。

"还请您全力相助。"说完，男子深鞠一躬。

一个衣着整洁、形貌俊朗的男人，对着一个凶神恶煞的彪形大汉鞠躬，这光景着实诡异，惹得行人纷纷投来不可思议的视线。柏木很是尴尬，赶忙说道："好吧，我告诉您就是，您快起来。"

柏木从新宿的偶遇讲起，还说到第二次见到少年与少女时的情况，以及之后发现遗体时的种种，还有从江藤警官那儿听来的司法解剖结果。

听完柏木的一席话，密室收藏家轻描淡写地说道："真相大白了。"

柏木瞠目结舌。莫非这位密室收藏家光靠这些，就能轻而易举地解决警方苦苦调查数日却没有丝毫进展的奇案？不可能！他还大放厥词说"真相大白"？自恃过高也得有个限度啊。

"我想去荻洼警署的搜查本部一趟，不知您是否愿意与我同行？"此人若想在搜查本部披露他的奇思妙想，贻笑大方，那是他的自由。

"行啊。"柏木答道。他正要朝公交车站走去，密室收藏家竟说："打车去吧。"说完便招手拦下一辆路过的出租车。出租车停了下来，车门缓缓开启。这时，柏木察觉到车上的司机有点眼熟。

"啊，你不就是那天载过我的司机师傅吗？你还记得吗？两个月前我在新宿站东口打过您的车，送一男一女两个高中生回家。"

司机一看到柏木，便谄笑道："是那天的警官啊。"

就在这时，柏木目睹了一幅惊天动地的光景。密室收藏家冷不丁地对司机说："你就是杀死那两个高中生的凶手吧？"

柏木一脸茫然。这人在胡说什么呢？他脑子是不是有问题？

谁知，更令人吃惊的事情还在后头。司机脸色骤变，想立刻发动出租车逃跑。密室收藏家并没有被他甩掉，而是坐上副驾驶座，用手点住惊慌失措的司机的脖子。片刻后，司机的身子瘫软下来，真是不可思议。只见密室收藏家踩下刹车，让出租车停下。

柏木这才回过神来，凑近一看，司机已不省人事。

一位年轻的巡查从附近的派出所及时赶到。在巡查的帮助下，柏木将晕厥的司机抬进派出所。既然司机想逃跑，就说明他是做贼心虚，杀死鬼头真澄与筱山薰的应该就是他。可警方还没有找到证明司机行凶的证据，只能先以"妨碍公务"以及对密室收藏家"杀人未遂"的嫌疑将其逮捕。

柏木对尚未恢复意识的司机报出他的罪名，用巡查提供的手铐将他牢牢铐住，再将他撂在值班室的榻榻米上。之后，他致电荻洼警署，将凶手落网的消息告知搜查本部。

密室收藏家险些葬身车轮之下，却面不改色，仍旧带着儒雅的微笑。他不过是碰了一下司机的脖子，就让司机晕厥了这么久，莫非他还会某种功夫？

巡查本想为两人泡壶茶。见状，柏木说道："你不用招待我们，忙你的去吧。"说完便将巡查请回了办公室。

他与密室收藏家落座榻榻米，中间隔着昏迷不醒的司机。

"搜查本部的人要过一会儿才来。能否请您解释一下，司机是如何在我和同事们的眼皮底下出入筱山家的？您又是怎么判断出这个司机就是凶手的？"

"本案的第一个突破口，就是'雨'和'电话'。"

"雨和电话？"

"筱山薰在案发当天下午三点给姨母菊子打过电话，并在电话里说，'我这边开始下雨了。阿姨，您那边呢？'这句话引起了我的注意。"

"怎么了？"

密室收藏家　065

"案发当天下午，您一直在监视筱山家。您告诉我，雨是从三点十分开始下的。但筱山薰在筱山家打电话时还是三点，当时应该还没有下雨才对。"

柏木顿感醍醐灌顶。还真是！

"这意味着什么呢？我想到了四种可能性。"

"四种可能性？"

"是的。第一种可能性，您的证词出错了，雨并不是从三点十分开始下的。"

"我的证词出错了？您的意思是我在撒谎吗？"

密室收藏家微笑着摇了摇头："不，您没有必要篡改下雨的时间。我的意思是，您的手表可能快了十分钟，于是您误以为下雨的时间是三点十分，而不是三点。"

"不可能！那天早上我特地在广播台报时的时候给手表上了发条，时间肯定准。"

"那么让我们再看第二种可能性。菊子的证词是不是有问题？也许薰的电话是三点十分打来的，但她误以为接电话时是三点。"

"可菊子说得很清楚，她是在广播台的古典乐节目刚开始时接的电话。所以电话的确是三点打的，不会有错。"

"没错。所以她也不可能搞错接电话的时间。"

"那……莫非菊子撒了谎？"

如果菊子撒谎，筱山薰所处的密室便不再成立。薰在两点半密室成立之前就被人捅死了。只要这么想，一切都说得通。

谁知，密室收藏家竟摇头答道："不，她没有撒谎的动机。警方已经把这个可能性推翻了。"

"是哦……"

"第三个可能性是筱山薰撒了谎。打电话时明明还没有下雨，但筱山薰谎称自己那边开始下雨了。"

"可……筱山薰何必撒这种谎呢？"

"正如您所说，筱山薰没有撒谎的必要。那就只剩下第四种可能性——在筱山薰打电话的地方，雨的确是从三点开始下的。"

"啊？"

"也就是说，筱山薰在三点打的那通电话，并不是从筱山家打出的。案发当天下午三点，筱山薰并不在筱山家，而是在另一个地方。"

"下午三点时在另一个地方？怎么可能！我亲眼看到筱山薰在下午两点进的家门，难道她回家之后又出门了？两点半前，没人守着筱山家的后门，她的确有可能在不被我看到的情况下悄悄溜出去。可两点半后同事们都到位了，她不可能在两点半之后溜回来。我五点时在筱山家的会客室发现了筱山薰和鬼头真澄的遗体，如果筱山薰下午三点时身在别处，她要如何在五点之前回到筱山家？难道我和我的同事都把她盯漏了？难道您觉得我们都在撒谎吗？"

"不，我并没有这么想。您和您的同事都是经验丰富的老刑警,不会看漏,更没有动机撒谎。"

"那请您告诉我,筱山薰是如何在五点之前回到筱山家的?"

柏木很是不解。密室收藏家到底在想什么?凶手如何在柏木和其他警官的眼皮底下出入筱山家,这已是个不解之谜,可这位密室收藏家又给警方多加了一个谜题——薰是如何回到筱山家的?他再这样天马行空下去,这起案件岂不是会愈发扑朔迷离?

"薰在下午三点给菊子打了电话。从三点到五点,走进筱山家的人只有鬼头真澄一个。既然如此,唯一说得通的可能性就是,薰以'鬼头真澄的身份'进入了筱山家。"

"薰以鬼头真澄的身份进入了筱山家?"

柏木哑口无言,只得直愣愣地望着密室收藏家。他不禁心想:这人的脑子是不是真的有问题?

"此话怎讲?难道筱山薰假扮成了鬼头真澄?怎么可能!您没见过他们,您要是见过,就不会这么想了。筱山薰是个身材娇小的少女,鬼头真澄则是人高马大的少年。两人的长相也是截然不同。筱山薰怎么可能乔装打扮成鬼头真澄?"

"不,我并不觉得筱山薰乔装打扮过。我的意思是,走进筱山家的其实是筱山薰,但在您看来,那个人是鬼头真澄。"

"啊?"

"您认定少年名叫鬼头真澄,少女名叫筱山薰。但事实正相反,其实死去的少年名叫筱山薰,少女的名字才是鬼头真澄。"

6

柏木花了整整一分钟，才完全理解这句话的含义。

"这怎么可能？我在新宿第一次见到他们的时候，少年明确说过'我就是鬼头真澄'，少女也说过'我叫筱山薰'啊！难道您觉得我在骗您吗？我何必撒这种谎呢？"

"当时正好有一群无赖在找他们的茬吧？无赖抢走了他们的学生证。'鬼头'这个姓氏比较罕见，于是无赖便恶狠狠地问，'你是鬼头仙一的什么人？你要是跟鬼头仙一有关，那我们可不能随随便便放你走。'少年为了保护女友，便谎称自己是鬼头真澄，借用了女友的名字，又让女友以筱山薰自称。'真澄'与'薰'都是男女皆宜的名字，所以外人不会起疑。更幸运的是，无赖只知道鬼头仙一有个孩子，却不知那个孩子是男是女。筱山薰自称'我是鬼头仙一的儿子'时，无赖们不会起疑。"

那时的光景在柏木脑海中再次上演。"我就是鬼头真澄，是鬼头仙一的儿子。"——少年说出这句话时，少女盯着少年，露出惊愕的神色。她之所以如此惊讶，原来是因为少年借用了她的名字。

"借用女友的名字保护女友也就罢了，可他们为什么不在我赶走无赖之后道出实情呢？"

"身为鬼头仙一的女儿，少女定是受尽了周围人的白眼。街坊邻居、同学和同学的家长必然不会给她好脸色看，刑警就更不用说了。筱山薰心想，如果他们道出真相，您也许也会戴着有色眼镜看待真澄，所以他在您面前一直自称鬼头真澄。少女也察觉到了少年的顾虑，便顺势借用了少年的名字。"

"原来如此，这么解释倒是合情合理。"

"您赶走无赖之后打车送鬼头真澄与筱山薰回家，但他们当时并没有在自己家门口下车，而多半是在下车之后自己走回家的。"

"我的确没有亲眼看到他们走进家门……"

"少女在筱山家正门口下车时对您道了谢，还对少年说了一句'谢谢'。她对您道谢是理所应当，可为什么要向少年道谢呢？因为少年在他们被无赖围攻时借用她的名字，保护了她。"见柏木仍一脸茫然，密室收藏家微笑道，"在您提供给我的信息中，还有好几处线索能让人联想到筱山薰是男孩，而鬼头真澄是女孩。"

"还有？都有哪些？"

"比如，筱山菊子说过这样一番话，'那个年纪的孩子一般都不愿意跟姨母谈心，可小薰跟我从来都是无话不谈'。"

"这句话有什么问题吗？"

"如果筱山薰是女孩，菊子就不会说'那个年纪的孩子一般都不愿意跟姨母谈心'，不是吗？青春期少女如果有事要找人商量，第一个想到的就是姨母。毕竟姨母与她们年龄比较近，即便是不好意思与母亲讨论的事情，也能对姨母如实道来。薰如果是个男孩，菊子的话就说得通了。青春期的男孩一般不会找异性商量，要找也是找男性的长辈。"

"还真是……"

"江藤警官说，鬼头仙一常常对真澄施加暴力。可真澄若是男孩，还是个人高马大的男高中生，总能奋起反击，阻止父亲继续施暴吧？真澄之所以阻止不了父亲，正是因为她是个女孩。"

对极了！柏木已无力反驳。他迈着沉重的步子，走向办公室，对伏案办公的巡查问道："你有没有听说前天发生的那起少年少女遇害的案件？"

"有啊。"巡查回答道。

柏木接着问："那你还记得两名被害人的名字吗？"

"少年好像叫'筱山薰'，少女应该是叫'鬼头真澄'。"

"你记得可真清楚，真是巡查的楷模。你以后一定会成为一位杰出的刑警。"

"多谢夸奖！"巡查激动得两眼放光。柏木则没精打采地回到了值班室。

天哪！密室收藏家的推理完全正确。可我怎么就没察觉到自己的错误呢？柏木苦苦回忆后意识到，这是许许多多个巧合所导致的后果。

柏木与同事在筱山家会客室发现两具遗体之后，便分头搜查了筱山家。如果柏木搜查了薰的房间，便能根据房间的布局与摆设推测出筱山薰是个男孩。然而，薰的房间在二楼，而负责二楼的是柏木的同事，柏木只查看了一楼的情况。

柏木与搜查本部的江藤警官讨论案情时，并没有使用能体现出性别的代词，而是直接称呼死者的名字。所以柏木没有意识到，他印象中的筱山薰与鬼头真澄，与江藤警官脑子里的正好相反。

筱山久子与鬼头仙一分别来到医院见孩子最后一面时，如果柏木陪着他们进入太平间，便会看到久子扑向少年的遗体，而鬼头仙一站在了少女面前。柏木一直等在候诊室，并没有跟进去。

后来，筱山久子对鬼头仙一吼道："肯定是你家孩子勾引了我的孩子！"如果她喊的是"肯定是你女儿勾引了我儿子"，柏木定能察觉到自己的误会。无奈久子使用的是"你家孩子"与"我的孩子"，区别不出男女，柏木自然发现不了问题所在。

在许多巧合的综合作用下，柏木迟迟无法察觉自己的误会。然而，搞清被害人的名字，难道不是刑警的基本职责吗？巧合虽然无奈，可堂堂刑警把受害者的名字身份搞错，岂不是天大的失态？

密室收藏家用充满同情的眼神看了柏木一眼，继续说："事到如今，密室之谜不攻自破。您一直以为筱山薰是两点回的家，您的同事是在两点半到位的，因此两点半之后的筱山家是一个密室，凶手只可能在两点半之前行凶。但薰在三点时给菊子打过电话，所以'她'至少活到了三点。法医称，薰中刀后还活了十多分钟，即便'她'在打电话时已经受了伤，也只能将行凶时间往前推到两点五十分。可筱山家在两点半之后一直处于密室状态，凶手无法杀害薰。筱山家周围只有您和您的同事留下的脚印，凶手也不可能在两点半之前溜进筱山家，再趁警官们发现遗体后偷偷溜走。

"然而，如果薰回家的时间是三点二十五分，那就是另一回事了。这意味着薰给菊子打电话时并不在筱山家，而他也不是在筱山家受的伤。他在被刺伤后十分钟内咬紧牙关回到筱山家，最后死在了会客室，这个过程不会有任何说不通的地方。

"话说回来，菊子不是说她接到三点的电话后忧心忡忡，给筱山家打了好几次电话却没有人接吗？薰并不是故意不接，只是不在家而已。因为薰给菊子打电话时，并不在筱山家。

"被害人遭受凶手袭击后存活了一段时间，自己走进密室后才一命呜呼，于是造成了凶手无法杀死被害人的假象，俗称'内出血密室'，筱山薰的死就属于这种情况。只要搞清薰回家的时间是三点二十五分，您就会意识到本案是内出血密室。然而，您误以为薰是两点回的家，再加上筱山家在两点半之后一直处于密室状态，菊子还在三点接到了薰的电话，内出血密室的可能性就被推翻了。

"再看鬼头真澄的情况。警方一直以为鬼头真澄在三点二十五

密室收藏家　073

分来到了筱山家。当时筱山家已经是密室了，凶手不可能入室行凶。真澄遇刺后当场死亡，她也不可能是在屋外受伤后才走进屋里的，于是凶手就不可能捅死真澄了。

"如果真澄是在两点进的筱山家，那情况就截然不同了。那时筱山家还不是密室，谁都可以走后门自由进出。凶手可以毫无阻碍地在两点到两点半之间杀害真澄。

"被害人明明是在密室成立之前遇害的，可人们误以为行凶是在密室成立之后，乍看之下，凶手无法杀死被害人。这类密室可以称作'时间差密室'。鬼头真澄的死就属于这种情况。她明明死在两点半之前，当时筱山家还不是密室，可您误以为她是三点二十五分才来的，警方便误以为凶手没有机会杀死她。"

柏木一脸茫然地听着。都怪他把鬼头真澄和筱山薰张冠李戴，才硬生生造成这么一桩子虚乌有的密室杀人案。

"鬼头真澄于下午一点二十分离开学校。警方经多方调查，并没有查到她三点二十五分来到筱山家之前做了些什么。其实她早在两点就来到了筱山家，不久后便不幸遇害了。两点过后，她再也没有去过其他地方。

"再看筱山薰。他也在一点二十分离开了学校。警方误以为他两点就回家了，可他其实是三点二十五分回来的。在一点二十分到三点二十五分之间行踪不明的人并不是鬼头真澄，而是筱山薰。

"筱山薰在这段时间做了些什么？他应该是去买私奔用的旅行

袋和其他用品了。搜查本部误以为有空白时间的是真澄，并猜测她去学校附近的箱包店买了旅行袋，便带着真澄的照片去询问，结果颗粒无收。这也是理所当然，因为去买旅行包的人是薰。"

江藤刑警说"警官去学校周边的箱包店问了一圈"，柏木还以为警官们向店员出示的是少年的照片，实际使用的却是少女的照片。店员们说他们没见过真澄，柏木便以为少年没有去买旅行袋。而事实上，少年的确买了旅行袋。只怪柏木搞错了两位被害人的身份，警方在调查时错用了少女的照片，才没有收集到目击证词。

"那您是怎么知道这人就是凶手的呢？"柏木望着依然昏迷不醒的司机问道。

"锁定凶手的第一条线索，也是'雨'和'电话'。"

"此话怎讲？"

"筱山薰在三点给姨母打了电话。在他打电话的地方，雨是从三点开始下的。而筱山家那边三点十分才开始下雨。换言之，雨云花了十分钟才从筱山薰打电话的地方移动到筱山家上空。

"少年于三点二十五分到达筱山家，这意味着他只花了二十五分钟时间就走完了雨云飘了整整十分钟的距离。光靠双脚，他绝不可能移动得如此之快。既然如此，那就说明他是坐车从打电话的地方移动到筱山家附近的。

"高中生买不了车，也考不了驾照，他不可能自己开车回来。既然他坐的不是私家车，那就有可能是出租车。再加上他买了很多私奔要用的东西，旅行袋这样的玩意儿体积又大，因此他十有八九是打车，而不是徒步走回来的。

"筱山薰受伤后还活了十来分钟，他遇刺的时间应该是他还在出租车里的时候，或是下车后不久。而刺伤他的人显然就是出租车司机。既然刺死两名死者的是同一件凶器，那么捅死鬼头真澄的应该也是那位司机。"

"就算杀死两位死者的是出租车司机，可全东京有数百位出租车司机，您怎么知道凶手就一定是这位司机？要是把每位司机的不在场证明都调查一遍，兴许能缩小嫌疑人的范围，可您并没有调查过。您如何确定真凶就是他呢？"

"全东京的确有数百位出租车司机。然而，满足某个条件的司机只有一位。"

"什么条件？"

"昨天早上，一个自称'《每朝新闻》记者'的男人打电话去鬼头家问'您家的孩子有没有写下遗言'。正如警察推测的那样，这通电话就是凶手打的。但不可思议的是，凶手为什么只给鬼头家打电话，却没有打去筱山家呢？

"唯一的可能性就是，凶手很清楚筱山薰并没有写下遗言。所以他没有必要打电话去筱山家问'您家的孩子有没有写下遗言'。

"问题是，为什么凶手很清楚筱山薰没有留下任何遗言，却不确定鬼头真澄有没有呢？因为凶手亲眼看到筱山薰咽下了最后一口气，却没能见证鬼头真澄的死。

"然而，这个说法并不成立。如前所述，凶手亲眼看到的是鬼头真澄的死，而非筱山薰的死。凶手在筱山家杀死了真澄，所以他可以在不被任何人察觉到的情况下留在屋里，确认少女断气。但凶手在出租车内或车外刺伤薰之后，薰逃离了凶手的魔爪，走进了筱山家，因此凶手没有亲眼看到薰死亡的那一刻。既然如此，那凶手为什么会觉得他亲眼看到了薰的死，却没有确认真澄的死呢？"

柏木顿悟："凶手也搞错了筱山薰和鬼头真澄的身份！"

密室收藏家点头道："没错。凶手也搞错了两位死者的名字。他误以为逃走后躲进筱山家的少年名叫鬼头真澄，所以他才会给鬼头家打电话。"

"可……搞错他俩名字的人不是只有我一个吗？"

"不，不止您一个。您两个月前在新宿帮他们赶跑了无赖，还打车送他们回家。少年在车中自称鬼头真澄，少女自称筱山薰，所以您才会误会。但听到这段话的不光您一个，司机肯定也听见了，并产生了和您一样的误会。所以当时载您的那位司机就是凶手。"

"啊，是这样啊……"

"来总结一下案发当天发生的事吧。鬼头真澄再也无法忍受父亲的暴力，在学校找筱山薰诉苦。少年下定决心要与少女私奔，便让少女去筱山家等他，自己则去买一些必要的旅行用品，并将筱山家的钥匙交给了少女。筱山薰的母亲前一天出门去见女校的朋友，要晚些时候才回来,为他们创造了绝佳的条件。少年之所以让少女与他分头行动,恐怕是因为一对高中生一起买旅行袋会引人耳目。

"放学后,鬼头真澄于下午两点进入筱山家。筱山薰则前往学校附近的箱包店购买旅行袋等私奔时会用到的东西。与此同时,出租车司机走后门进入了筱山家隔壁的空屋。"

"隔壁的空屋?"柏木恍然大悟,"莫非那个司机就是原计划在隔壁的空屋进行走私烟交易的供货商?"

"没错,他就是走私烟的供货商。他将装有走私烟的纸箱装在出租车的后备箱里,一路开到交易地点。两个月前,您打车送鬼头真澄与筱山薰回家时,司机发现筱山家隔壁是一栋空屋,用来交易走私烟再合适不过了,便将那里定为交易地点。

"谁知司机抬着装有走私烟的纸箱走进空屋后门时,鬼头真澄正巧在少年的房间里。那房间在二楼,真澄不小心看到了司机的模样,却不清楚司机在做什么。司机也看见了隔壁筱山家的二楼有个人影,顿时起了疑心,便走后门造访了筱山家,想试探家里人的想法。少女来到门口时,定是一副畏畏缩缩的模样,因为她正独自身在他人家中,总有些不自在。可司机误以为她看穿了自己在交易走私烟草,便闯进筱山家,用防身用的刀刺死了少女,以免她走漏风声。出租车司机都是戴白手套的,刀柄上不会留下指纹。见少女出现在筱山家,司机就更加坚信'她'就是筱山薰。

"司机拔刀后从后门逃跑,还回收了装有香烟的纸箱。他为什么要带走香烟呢？因为筱山家的人回家后会发现少女的遗体，届时警方会立刻赶到现场，这一带会有许多人来来往往，而走私烟贩子绝不可能在这种情况下取回装有货物的纸箱。

"当时还不到两点半，您的同事还没有全部到位，没有人看到司机进进出出。顺便一提，司机应该把刀藏在出租车的后备箱里。之后，司机就继续回路上接客了。

"筱山薰在学校附近的箱包店买好了私奔用的旅行袋与其他用品，并在三点用公用电话与姨母道了别。由于买了许多东西，他决定打车回家。而他打到的那辆车，就是凶手开的那一辆。少年报出了自家的地址。司机并不想回到少女的遗体所在的筱山家，可乘客要去，他不得不去。无可奈何之下，司机只得发动汽车。

"在出租车开到筱山家附近时，筱山薰示意司机停车。车停在了左拐的弯道后方。他恐怕是在担心，要是让司机开到家门口，街坊邻居也许会看到，进而猜到他要与女友私奔。少年打开后备箱，想拿出里面的东西，却不小心发现了藏在后备箱里的走私香烟，还有那把沾血的凶刀。

"筱山薰并不知道那把刀就是刺死少女的凶刀，然而司机为了堵住少年的嘴，还是将刀刺进了他的身体。案发地点位于高级住宅区，路上人烟稀少，没有人目击到司机行凶。少年下意识地握住胸口的刀，在刀柄上留下了指纹。但他无法把刀拔出来，就这么让刀插在胸口，使出浑身力气朝自家走去。旅行袋还放在后备箱里没有拿出来。司机本想追上去，却察觉到筱山家有人监视。无奈之下，他只得离开案发现场。"

"筱山薰为什么不向街坊邻居求救呢？案发现场是住宅区，只要他大声呼救，肯定会有人察觉到异样吧？"

"他不想让任何人察觉到他的伤势。要是被人发现了，少年就会被立刻送往医院，就无法与少女私奔了。少女会被送回家中，而她父亲对她的暴力也会变本加厉。就算要去医院，也得先与少女汇合，好好计划一下之后再去，所以无论如何都要先回到少女身边。少年强忍着剧痛，拼命走回家。刺在他胸膛的刀堵住伤口，使他几乎没有流血。而且他穿着大衣，又撑着伞，因此您没有看到插在他胸口的刀。"

柏木回想起走在雨中的少年身姿。原来那时的他正咬紧牙关，强忍剧痛，一心想回到恋人的身边。

"然而，少年回家后看到的竟是少女惨不忍睹的尸首。少年使出最后的力气，将女友紧紧拥入怀中，咽下了最后一口气……"

7

如果柏木看到了电视上播出的新闻，便会立刻察觉到自己的误会，因为新闻节目会打出鬼头真澄与筱山薰的照片。无奈在案发的九个月前，日本才开始播出电视节目，电视机的价格也是居高不下，普通人只能在街头看看店家摆放在橱窗中的电视机。刑警的工作异常忙碌，怎会有闲情挤在人堆里看电视。再者，筱山久子是明央银行行长的女儿，她借助父亲的人脉向报社与广播台施压，要求他们尽可能低调地报道这起案件，结果报上只有一小块"豆腐干"，以"一对高中生在荻洼的家中非正常死亡"将本案一笔带过，甚至没有刊登死者的姓名与照片。所以柏木的误会才迟迟未能解开。

柏木逮捕了本案的真凶，也算是将功补过。其实同事们对柏木的表现赞不绝口，因为大家误以为解开案件之谜的人是柏木。

密室收藏家道出真相后，柏木便听见了好几辆车停在派出所门口的响声。搜查本部的刑警们来了。柏木瞥了眼值班室的窗外，随即将视线转回屋里。他惊愕地发现，密室收藏家早已不见人影。

莫非他像猫一样来去无声？可就算他走路没有声音，也不可能在柏木望向窗外的那一瞬间消失得无影无踪吧？

柏木一头雾水，却还是得出门迎接搜查本部的刑警们。他本想告诉大家，密室收藏家突然现身，解决了这起案件，可要是大家问起密室收藏家在哪儿，他答不上来，总不能说那个人像一缕青烟一样消失了吧。无奈之下，柏木便只字未提密室收藏家解开了密室之谜，只道出了案件的真相。

听闻柏木搞错了少年与少女的名字，搜查本部的刑警们一片哗然，可听完柏木的一席话，他们又误以为是柏木解开了这起扑朔迷离的案件，对他赞赏有加。柏木虽然觉得自己无功受禄心中有愧，可还是将密室收藏家的功劳占为己有。

警方经过审问后发现，行凶的司机是香烟走私组织的成员，他的工作就是将走私香烟运送到交易地点。正如密室收藏家推理的那样，司机在搬运香烟时被鬼头真澄目击，便杀了少女灭口。筱山薰打车回家时，又发现了染血的凶刀，于是司机就把他也杀了。

五十年过去了。柏木当了五十年的刑警，以警部补的身份退休，如今已是耄耋之年的他却依然矍铄。

他至今仍会不时思索，密室收藏家究竟是何方神圣？那起案件发生后，柏木每隔十多年都会听说一次"密室收藏家突然现身"的传闻。只要在日本发生了不可思议的密室案件，密室收藏家便会悄然出现，解开案件之谜。任时光流转，这位收藏家的容貌好像都没有丝毫衰老的迹象。

每每见到高中生在街上谈笑风生，柏木都会心想，如果那一天，筱山薰与鬼头真澄没有遇见那个司机，成功私奔了，他们又会走过一段怎样的人生？幼稚的情人鸟，会不会在严酷的现实面前劳燕分飞呢？

不，不会的。柏木对此坚信不疑。他总会回忆起在无赖找茬时，少年为了保护女友的安全，灵机一动报出了女友的名字。那时，少年的眼神是如此坚毅。只要还拥有那份勇气与智慧，少年就定能与少女携手终老，笑看风雨人生。

死者缘何坠落

一九六五年

1

伊部优子身在浴室时，玄关的门铃忽然响了。

她吓得浑身一激灵。大半夜的，谁会找上门来啊？

她本想装作没听见，可门铃响了一次又一次。无奈之下，她只得穿上衣服，走出浴室。她将眼睛凑近猫眼一看，顿时产生了一种被人浇了一身凉水的感觉。

翩翩公子般的长相，一头长发，身材矮小而消瘦。站在门口的人竟是根户森一。

优子没有打开大门的旋转锁，而是转身回到了厨房。让门铃继续去响吧。不久后，门铃真的不响了。

来人似乎作罢了。优子刚松了口气，却听见门口的锁发出"咔嚓"一响。回头一看，只见来人正要开门。优子本想冲过去把门关上，可为时已晚，森一已经进来了。

两年前与森一分手时，优子明明让他交出了她家的钥匙。看来森一肯定偷偷配了一把备用的。优子悔不当初。早知如此，就该把锁链挂上的。

森一满脸通红,肯定喝醉了。"好久不见,"他说道,"好怀念的光景啊……"他边说边环视餐厅。

"给我滚。"优子毫不留情地说。

"别这么凶嘛,我好不容易来一趟,你就不能好好招呼我一下吗?哦——冷死了冷死了……"森一一边说话,一边将手举在石油暖炉边取暖。

"你到底是来干吗的?"

森一没有作答,而是反问道:"你刚才在干什么呢?"

"我正准备泡澡。"

"这样啊,不好意思打扰你了。"

"既然觉得不好意思,那就赶紧回去。"

森一瞥了眼隔壁的房间。那是优子的画室。发现画架上没有画布,他便问道:"咦,你没在画画啊?你不是总说一天不画,画功就会退步的吗?"

"要你多管闲事。"

"我们这些同学里,就你一个还在当画家。你可得加把劲儿哦。"

"多谢。我问你,你到底是来干吗的?"

"是这样的,我昨天碰巧在梅田遇见了樋口,"森田报出一位他们都认识的朋友的名字,"他告诉我说,你下个月要结婚了,而且还找了个医生？"

"是啊。"优子顿时产生了不祥的预感。

"你们是怎么认识的？"

"在我去年开的个人画展上。他喜欢看画，经常逛画展，那天碰巧来了我的画展。他一眼就相中了我的画，站在画跟前不肯走。看到他站着不动，我就上去搭话了。"

"哼，简直跟烂大街的电视剧一样。"森一面露妒色。沉默片刻后，他突然露出一副下定决心的表情，望向优子说道："其实……我有件事要求你。"

"求我？"

"你能不能跟那家伙分手，回到我身边来？"

果不其然。听说优子即将嫁作人妇，森一便借着酒劲来求她复合。森一素来胆小如鼠，不喝点酒，怕是连登门的勇气都没有。

"你脑子有问题吧，我干吗要答应你？"

森一伸出手，紧紧握住优子的手说道："我爱你爱到快发狂。跟你分手之后，我天天都在后悔。我很早就想求你复合，可我也爱面子，只能一直忍着。当我昨天听樋口说你要结婚，这才意识到不能再死要面子了。我一定会让你幸福的，求你了，回来跟我在一起吧。"

优子狠狠甩开森一的手："你开什么玩笑！"

"我正在搞一项新事业，再过一段时间就能走上正轨了。到时候，我就能让你过上衣食无忧的好日子，绝不会比那来路不明的医生差。"

优子听得不胜其烦。森一总是满口大话，却没有能实现宏图壮志的能力与毅力。他口中的"新事业"八成也会以失败告终。

森一再三恳求，而优子则是一遍又一遍地拒绝。她甚至觉得不可思议，自己以前怎么会迷上这种人？曾几何时，她倾心于那倔强少年一般的神情，还有畅谈梦想时的激情口吻，可事到如今，他的容貌与大话却是乳臭未干的表现。

片刻后，森一陷入沉默。优子本以为他总算要放弃了。谁知森一竟突然走到窗边，猛然拉开窗帘，打开窗户。十一月的冰冷空气顿时涌入房间。

"你要是不答应，我就对着窗外大喊大叫，到时候一定会有人过来。要是你的未婚夫知道你深更半夜跟别的男人在一起，他会作何感想？"

优子吓得背脊发凉。要是森一真的把人引来，问题就严重了。优子所在的井上大楼只有五层与六层是住家，一层到四层都是商铺。一到半夜，就只有五、六两层有人。要是森一大声喊叫，这两层的居民一定会听到。

"求你了，别这样！"优子赶忙冲到窗边，将手搭在森一的肩膀上。就在这时——

她瞥见窗外有个女人掉了下去。那人瞪大双眼，垂直下落。虽然女人只在优子眼前出现了短短的一瞬间,但优子清清楚楚看见了她的身姿。

优子吓得心脏险些停跳,下意识地与森一面面相觑。森一也是一脸惊愕。

"你、你看见没?"

优子瑟瑟发抖,点了点头。森一探出头来看一眼,又赶忙缩了回来。优子也把头伸出窗户,战战兢兢地将视线转向地面。看到的一瞬间,她便吓得毛骨悚然。

这栋大楼的后院面朝木津川,昏暗的地面上趴着一个女人。优子赶忙把头缩了回来。

"下去看看吧。"森一喃喃道。优子唯恐把窗开着会有坏事发生,便关上窗户,还转动锁扣锁上了。她与森一来到走廊,锁上大门,走楼梯下到了一楼玄关大厅。他们打开大厅深处的后门,来到了大楼的后院。

后院杂草丛生。一个女人正趴在距离建筑物一米左右的地方。那人身材娇小,披肩的长发四散蓬乱,上身毛衣,下身西装裤,双手的肤色异常惨白。外行人也能一眼看出,此人已一命呜呼。

"这人是谁?应该是住在你楼上的人吧?你认识她吗?"

"……她叫内野麻美,是个女公关。"

"她是不是自杀的?总而言之,得赶紧打报警电话。借你家电话用用。"

两人从后院回到门厅。这时，优子说道："你先回去吧。"

"啊？"

"要是我未婚夫知道我大半夜和你在一起，他也许会误会。我回房之后就会报警。"

"误会？误会就误会。我巴不得让他知道你跟我在一起。要是你未婚夫知道还有我这个人……"

优子烦躁不已，气得直想跺脚。

"你肯现在回去，我就允许你明天再来找我。"

"此话当真？"

"当然当真。还有，把钥匙交出来。"

森一有些犹豫。优子补充道："交出备用钥匙，也是我允许你明天再来找我的条件。"听到这话，他只能不情愿地交出钥匙。

"那我先走了。我可是真心想跟你复合。我明天再来。"

前男友恋恋不舍地瞥了优子一眼，转身离去。矮小而消瘦的背影逐渐消失在夜色中。优子顿感心中无力，蹲下身来。

2

楠见龙雄是大阪府警搜查一课四组的刑警。他与同事们于晚上十点赶到了井上大楼。

木津川是土佐堀川的分支，井上大楼位于木津川西岸，在木津川桥南侧百来米远的位置上。大楼共有六层，外墙比较新，房龄应该只有五六年。从门厅的信箱看，一楼到四楼都是商铺，每层一家，五层与六层则各有两户普通居民。

身着制服的警官正把守着门厅。在他的带领下，楠见走后门来到三十坪[1]大小的后院。地上长满了杂草，水泥块堆积成山。垃圾遍地，一边是脏兮兮的喷壶，一边是从楼上阳台吹下来的毛巾与信封，实在不像一个有人精心打理的院子。后院后面是一道三米高的防波堤，背靠木津川。后院边上有一道通往防波堤的水泥阶梯，左右两侧则是两米多高的水泥墙。

---

[1] 日本传统计量单位，1坪约等于3.3平方米。

几名西警署的片区刑警就站在后院里。楠见与他们打了招呼。

"死者就是她。"

死者趴在一片杂草之中，距离建筑物大约一米远。她身材娇小，身高大概只有一米五十左右，一头披肩长发。她双腿对着建筑物，双手耷拉在身体前方，身上穿着红色毛衣与焦茶色的西装裤。

"听说这名被害人是在自家遇害后被推下窗口的？"组长宫泽警部问道。

"是的。被害人名叫内野麻美，二十五岁，在北新地的酒吧工作，是个女公关。"

楠见仰望井上大楼。对着后院的墙壁上爬满了藤蔓。一楼到四楼的商铺都没有亮灯，只有五楼与六楼还有灯光，每一扇窗户都是关着的。

"发现遗体的人是谁？"

"是住在被害人楼下的画家，名叫伊部优子。她说她当时想呼吸新鲜空气，就打开了窗户。谁知一开窗便看见被害人掉了下来。她探头一看，发现被害人趴在了后院。她赶到后院时，被害人已经断了气，于是便回房打电话报警。现在她正等在家里。"

"一打开窗户就看见被害人掉了下来？那她一定吓坏了吧。她是什么时候看到被害人的？"

"她说她吓坏了，没想起来要看表。警方接到报警电话的时间是九点三十八分，而目击者说，从她目击被害人坠落，到她拿起电话报警,中间大概有七八分钟左右,所以被害人应该是九点半左右掉下来的。我们刚赶到现场时,还以为是自杀或意外,仔细查看遗体才发现,被害人背上有刀伤,只是凶器被拔掉了,乍看之下不会注意。"

"找到凶器了吗?"

"还没有,怕是被凶手带走了。"

"能带我去被害人的房间看一看吗?"

"实不相瞒,我们现在还进不去。"

"进不去?"

"被害人的房门是锁着的。凶手逃跑时,大概用被害人的钥匙上了锁。我们已经叫房东带着万能钥匙赶过来了。他住得不远,骑车来大约十五分钟。"

就在这时,负责看守现场的制服警官带来一位六十岁上下的男士。他正是这栋大楼的房东。他一路奔来,喘得上气不接下气,明显是累坏了。

"阿楠,搜索被害人家的任务就交给你了。"宫泽警部说道。

楠见借了万能钥匙,与西警署的刑警和房东一起来到六楼的被害人家。

井上大楼一层到四层都是商铺,这个时间段绝不会有人。对凶手而言,这可是求之不得的行凶环境。六层的走廊与木津川平行,内野麻美的房间面朝木津川,对面则是另一户租客的房间。

"住对面的人就没听到什么动静吗？"

"我按了好几次门铃，没有人来开门，恐怕是家里没人。"

楠见用万能钥匙打开内野麻美家的门锁，抓住把手，把门往外拉。谁知门只开了十厘米左右就不动了，原来门上拴着锁链。

楠见大惊失色，与西警署的刑警面面相觑。门上拴着锁链，就意味着凶手还在屋里。

"我们是警察！给我老实出来！"楠见对屋里喊道。然而，屋里鸦雀无声。他喊了两三次，屋里还是没有丝毫反应。

"我们得把锁链剪断，开门进屋！"

听楠见这么一说，房东带着紧张的神色点了点头。

楠见派西警署的刑警叫来两位同事，让他们带上鉴识课用来剪断金属的钳子一起上来。楠见向房东了解了一下房间的格局，便让房东回到一楼。这是为了防止凶手突然冲出来加害普通民众。之后，警官们用钳子卡住了锁链。

众人使出全力，握紧钳子的把手。闷声响起，链条一分为二。楠见赶忙开门冲进屋。西警署的刑警留在走廊，赶来帮忙的两位刑警则跟着楠见进了屋。

一进门便是餐厅和厨房。房间里摆放着桌椅、装餐具的柜子、电视机与石油暖炉。放眼望去，屋里空无一人。楠见迅速环视四周，右边有扇门通往另一个房间，左边是通往浴室的房门。楠见打开右边的门，来支援的刑警们则分别打开了左边的浴室与厕所。

原来楠见打开的是卧室的房门。屋里放着一张床，还有梳妆台与衣橱。他检查了床底下与壁橱，没有找到一个人影。卧室房门的对面有通往阳台的落地窗，窗框的半月形锁扣紧扣着。楠见打开锁，拉开落地窗，只见狭小的阳台上晾着衣物。这个时候晾出去，而且还没干，意味着这些衣物是傍晚刚洗的。阳台上也没有人，面朝木津川的墙面上有窗户，也上着锁。

楠见回到餐厅，两位来支援的刑警告诉他，浴室与厕所也没有可疑人物。浴室边上有一台电动洗衣机。保险起见，警官还打开洗衣机的盖子查看，里面并没有人。成年人本就无法钻进洗衣机。

餐厅也有一扇面朝木津川的窗。这扇窗是开着的。这里就是被害人坠落的地方。窗户下侧有一个铁把手。楠见探头往下一看，只见验尸官正在探照灯的灯光下检查被害人的尸体。凶手并没有挂在窗外。

屋里没有人。楠见与警官们你看看我，我看看你，一头雾水。

房间的大门是锁着的也就罢了。也许凶手抢走了被害人的钥匙，在逃跑时顺手把门锁上了。问题是那条锁链——站在室外的人，不可能挂得了锁链。可凶手并不在屋里。

"凶手是不是从开着的那扇窗户逃跑了？"来支援的刑警问。

"这里可是六楼，他要怎么从六楼下到地面去？"

"那……是不是逃到屋顶去了？"

"有可能！"楠见答道。他来到走廊，爬上通往屋顶的楼梯。

然而，通往屋顶的大门锁住了。楠见赶忙用万能钥匙开门。屋顶是凶手唯一的去处——他打开门，谨慎地迈出一步。

屋顶由及腰高的栏杆环绕，视野中只有一个大水箱，除此之外别无他物，更没有一个人影。楠见还绕去水箱后面看了看，依然毫无发现。

"凶手一阵烟似的消失了……"来帮忙的刑警茫然地呢喃着。

楠见心想：怎么可能会有这种事！十一月深夜的寒冷钻心刺骨，万家灯火星星点点，他却无心欣赏优美的夜色。

楠见一行人回到后院时，宫泽警部问道："凶手呢？"

"不在屋里。"

"不在？怎么会不在呢？"

楠见讲述了被害人屋里的情况，又说起自己上屋顶找人的经过。宫泽警部捧起胳膊："你也没有疏漏，这到底是怎么回事？"

这时，蹲在遗体旁的验尸官站起身，朝两人走来。

"情况如何？"宫泽警部问道。

"被害人背后有一处刀具造成的伤口，刀刃比较薄。被害人头顶呈粉碎状态，面部也有瘀伤，颈骨折断。落地时，被害人先撞碎头骨，脖子猛地一扭，颈骨就断了，她的脸狠狠撞到了地面。被害人背上的伤口有活体反应，但脸上的瘀伤并没有。因此她是被人用刀捅死的，落地时已经是一具死尸了。"

其实楠见有些怀疑伊部优子。他本以为内野麻美跳楼自杀后，是伊部优子在她背后留下了刀伤。既然刀伤周围组织有活体反应，就可以排除这种可能性了。

"能推测出死亡时间吗？"

"要准确的死亡时间，还得做司法解剖。不过我估计是下午五点半到六点半之间。"

"下午五点半到六点半之间？"宫泽警部看了看手表说，"伊部优子目击被害人坠楼的时间是九点半左右，和死亡时间差了至少三个小时！难道凶手捅死被害人之后整整等了三个小时，才把尸体推下来，然后又从被害人房里人间蒸发了？"

"人间蒸发？这话是什么意思？"验尸官一脸惊讶地问道。楠见告诉他，被害人房里和屋顶上都没有人影。

"呵，简直跟推理小说里的情节一样！"

"这可不是开玩笑，"宫泽警部愁眉苦脸道，这时他突然有了主意，"对了，会不会是这样？被害人被凶手刺中后逃回自己的房间，锁上房门，挂上锁链，靠在面朝后院的窗边断了气。尸体一直没有倒下，保持着微妙的平衡。三小时过后，遗体出现尸僵现象，打破了尸体的平衡，她就从窗口掉进了后院……"

"这不可能。""不可能。"验尸官与楠见异口同声。

"你们俩都不同意？为什么？"宫泽警部扬起眉毛。

验尸官回答："被害人中刀后几乎当场毙命，应该没有力气锁门挂链条才对。"

楠见也说道:"面朝后院那扇窗的下边框距离地面有九十多厘米,而被害人的身高大概只有一米五十左右。这么矮的人,就算靠在窗边也不会掉下去。"

"也是,"宫泽警部皱起眉头沉思片刻后说道,"那唯一的可能性就是,发现被害人的伊部优子在撒谎。我们都认定被害人的尸体是从六楼的房间摔下来的,于是'凶手如何逃离被害人的房间'便成了未解之谜。如果尸体不是从六楼摔下来的——如果伊部优子的目击证词是假的,那就不存在任何问题了。"

楠见来到了位于五楼的伊部优子家。这位女画家不到三十岁,五官棱角分明,颇有些西方人的韵味。她身材高挑,体格好似去年东京奥运会上勇夺金牌的女排队员。

"您一定受了不少惊吓吧。您和被害人是不是很熟?"

"不,我几乎没和她说过话,只是在走廊上碰到的时候会打个招呼。"

"不好意思,能否请您再讲一讲看到被害人坠落时的情况?"楠见问道。于是优子重复了一遍她发现尸体的始末。乍听之下,她的证词并没有自相矛盾之处。

听闻内野麻美是被人捅死之后才掉下来的,优子惊愕不已。

"她是被人捅死的?我完全没看出来……"

"凶手拔出了凶器,而且被害人穿着红色毛衣,周围又那么黑，血迹不是很明显。"

楠见又说，他刚才上楼时，内野麻美家房门紧锁，还挂着门链。除了尸体坠落的那扇窗，屋里所有窗户都是锁着的，但凶手并不在屋里。优子听得脸色大变。她也明白，窗门上锁意味着什么。

"既然如此，唯一的可能性就是——您在撒谎。其实您并没有看到死者坠落的那一刻吧？"

"我没撒谎！我亲眼看到内野小姐从窗外掉下去了！"

"那凶手为什么不在被害人的房间里呢？"

优子紧咬下唇，一言不发。楠见心想，这个女人肯定在撒谎，可她何必说自己看见被害人掉下去了？如果她在撒谎，"凶手如何逃离被害人房间"的问题就解决了，可"房门上的锁链是怎么挂上的"仍是个未解之谜。

优子双唇瑟瑟发抖。她是不是要认罪了？楠见目不转睛地盯着女画家的脸。然而，她犹豫半天后说出的话大大出乎楠见的意料。

"其实，看到内野小姐坠落的时候，我家里还有别人。"

"啊？"

"看到她坠落的人不止我一个。那时，我旁边还有一个人。"

"谁？"

"那个人叫根户森一。"

"你刚才怎么没提到这个人？"

"实不相瞒，我下个月就要结婚了。要是别人知道我大半夜的

密室收藏家　101

跟别的男人在一起，事情就麻烦了。不过我跟森一没做什么见不得人的事情。他是我的前男友，我们现在已经没有任何关系了。"

"既然没关系了，那他为什么会在你屋里？"

"森一听说我要结婚，就跑来求我跟他重修旧好，让我跟未婚夫分手。他一遍遍求我，我一遍遍拒绝。他实在说服不了我，就跑到窗边，拉开窗帘威胁我，'你要是不答应，我就对着窗外大喊大叫，到时候一定会有人过来。要是你的未婚夫知道你深更半夜跟别的男人在一起，他会作何感想？'我心想，他要是真的喊人，事情就闹大了，我未婚夫也许会退婚。我赶忙冲到窗边，把手搭在森一肩上。就在这时，我亲眼看见内野小姐掉了下来……之后我探头往下一看，就看到内野小姐趴在后院的地上，整个人一动不动。后来我把窗户锁了，跟森一冲到了后院。"

"这回你说的总是真话了吧？你还有什么事瞒着警方吗？"

"没有，绝对没有了，您可一定要相信我啊！"优子拼命为自己辩白。

"刚才在你房里的那个男人叫'根户森一'吧？为保险起见，我们也要找他了解情况。他住哪儿？"

"我不知道他有没有搬家。两年前跟他分手的时候，他住在阪神西大阪线的传法站旁边，是一栋叫'泉乐庄'的公寓。"

3

楠见乘坐警车来到根户森一所在的公寓。负责驾驶的是第四组最年轻的刑警近藤。警方必须立刻查清伊部优子的证词是真是假。

"泉乐庄"是一栋只有两层的破旧公寓,大概是二战结束后不久建造的。两位刑警走上铁楼梯来到二楼,只见二〇三号房门口挂着"根户森一"字样的名牌,看来他们要找的人还住在这里。

刑警们按下门铃。片刻后,一个三十岁不到的矮个男子一脸不爽地打开了房门。他长得颇为俊俏,可衣着打扮有些邋遢,头发也很长,说明他也许不是上班族。

"请问是根户森一先生吗?"

"是啊,你们是谁?"

楠见出示了警察手册。根户森一吓了一跳,问道:"你们是为楼上掉下来的那个女公关来的吗?优子跟你们说了?"

"没错。就是那个叫内野麻美的女公关。你真看见她掉下来了?"

"是啊,我真看见了。"

"能不能请你详细讲讲当时的情况?"

"当时我正在跟优子说话,说着说着,我想呼吸点新鲜空气,就打开了面向后院的窗户。结果我一开窗,就看见那个女的在窗外一闪而过……"

"想呼吸点新鲜空气?伊部优子可不是这么说的。她说,你突然冲到窗边,拉开窗帘,打开窗户威胁她,说她要是不跟你复合,你就对着窗外大喊大叫。"

根户森一尴尬地回答道:"优子那家伙连这些都跟你们说了?没错。我听说优子下个月就要嫁人了,就去求她跟我和好。听说优子的未婚夫是个医生……医生有什么了不起的?最了解优子的人是我。我们在上美术大学的时候就开始交往了,只有我才能给优子幸福,可优子就是不懂。我一气之下,就开窗威胁她要大喊大叫。其实我并没有恶意。我会那么做,是因为我太爱优子了。"

"大半夜的,还是不要瞎胡闹为好。你开窗威胁她之后,就看到内野麻美掉下去了?"

"是啊,我吓了一跳,赶紧探头看,只见一个女人趴在后院,一动不动,于是我赶忙跟优子一起冲到了后院。"

楠见死死盯着根户森一的脸。他的确不像在说谎。

根户森一忧心忡忡地问:"看到那个内野麻美掉下去……会有什么问题吗?"

楠见告诉他，内野麻美是在自己家里中的刀，死亡三小时后才被凶手推了下去。房门是锁着的，还挂着门链，凶手不可能逃出去，可警方进入内野麻美的房间后，并没有找到凶手的人影。

"如果伊部优子做了伪证，我们就不用担心找不到凶手逃出内野麻美家的方法，所以过来找你求证。"

"内野麻美真的在窗外掉下去了！她的眼睛瞪得很大！虽然只有一瞬间，可我还清清楚楚记得她的模样！我都不敢睡觉了，总感觉我一睡着，她就会出现在我的梦里。"

由此看来，内野麻美的尸体真的是从六楼掉下去的。

"然后呢？看到尸体坠落后，你就拍拍屁股走人了？"

"优子说，要是她的未婚夫知道她半夜跟别的男人在一起，一定会误会……"

"所以你径直回家了？"

"是啊。"

"你是几点回来的？"

"这……我喝得很醉，不记得准确的时间。"

楠见向根户森一道了谢，乘警车赶往内野麻美的工作地点——北新地的酒吧"Empereur"。

楠见百思不得其解。如果内野麻美的尸体的确是从六楼掉下来的，那警方就必须搞清两个问题：第一，凶手行凶后为什么要把尸体推下去？为什么要在行凶三小时后才把尸体推下去？第二，凶手把尸体推下去后要如何逃离案发现场？

"这简直是推理小说里的密室杀人案！"握着方向盘的近藤刑警兴致盎然地说道。

副驾驶座上的楠见则苦着脸回答道："是啊。"

"要是密室收藏家能来一趟就好了……"近藤喃喃道。

"密室收藏家？那是在警界内部流传的玩笑吧，怎么可能真有这样的人。"

警界盛传，一旦发生所谓的"密室杀人案"，自称"密室收藏家"的神秘男子就会突然来到案发现场或搜查本部，推理出案件的真相。几年前，楠见曾听说过密室收藏家出现在某地案发现场的传闻。问题是，密室收藏家解开的密室案件之间有若干年时间间隔，可出现在警方面前的密室收藏家总被描述为"三十岁上下"。所以楠见认定这不过是个传说罢了。

"是吗？我会当警察，也是为了见密室收藏家一面。我伯父原本也是当刑警的，战后不久曾亲耳听密室收藏家推理过一次。"

为了见密室收藏家一面才当的警察？楠见瞠目结舌。都说这年头的年轻人越来越幼稚，莫非他们连现实和妄想都区分不了了？近藤说他今年二十五岁，那就是昭和十五年出生的。从今往后，这样的年轻人也许会越来越多……

"Empereur"酒吧位于一栋满是俱乐部与酒吧的店铺楼。大楼共有五层，Empereur酒吧位于三层。两位刑警坐电梯来到三层，一扇厚重的橡木大门映入眼帘，上面写有"Empereur"这几个金色的英文字母。

"这个单词是什么意思？"楠见询问近藤。近藤有大学文凭。

"是法语'皇帝'的意思，跟英语的'Emperor'一样，就是拼写有些不同。"

"为什么要取这种名字……"

"也许酒吧的老板特别喜欢拿破仑白兰地。"

这时，酒吧大门打开，四个西装革履的男人、一个身穿和服的四十来岁的女人，以及两个穿着晚礼服的二十岁左右的年轻女人走了出来。男人们一脸兴奋地讨论着东海道新干线提速的新闻，说只要三小时十分钟就能从东京开到新大阪站。女人们毕恭毕敬地低下头，目送男人们走进电梯。

之后，身着和服的女人瞧见了楠见和近藤，开口道："不好意思，我们打烊了。"看来这位就是Empereur酒吧的妈妈桑。楠见出示了警察手册。女人们顿时露出了紧张的神色。"请问，二位警官有何贵干？"妈妈桑担心地问道。

"请问你们这儿有没有一个叫内野麻美的人？"

"有啊，麻美出什么事了？"

"实不相瞒，她在家中遇害了。"

妈妈桑倒吸一口冷气，女公关们则爆发出一阵惨叫。

密室收藏家　　107

楠见问道："能进店里说吗？"

于是妈妈桑便将两位警官带了进去。酒吧面积约有十五坪，设有四张桌子，每张够四个人围坐，吧台前还有十把椅子。店里已没有其他客人，方才走的四个男人似乎是今晚最后一拨客人。酒保站在吧台后擦着玻璃杯，女公关们一脸疲惫地坐在大桌旁的沙发上。她们向妈妈桑投去狐疑的眼神，妈妈桑解释了几句，女公关们又是一阵惨叫。

"今晚麻美迟迟没来上班，我还纳闷她是不是出了事。我们店里也有无故旷工的姑娘，但麻美工作态度很认真，实在要请假，一定会事先联系我……"

"麻美小姐平时一般几点到酒吧？"

"傍晚六点四十分左右。我们是七点开门。"

"她一般是怎么过来的？打车？"

"不，她一般坐地铁。她是个很节俭的人，只有错过末班车的时候才会打车回家。"

麻美住在木津川桥附近的井上大楼，从那里到北新地，必须在阿波座坐上地铁中央线，去本町换乘御堂筋线，最后在梅田下车。算上乘车和步行，通勤时间差不多四十分钟。既然她一般都在六点四十分到酒吧，就意味着她会在六点左右出门。验尸官说麻美的死亡时间是五点半到六点半之间，换言之，凶手在麻美出门之前来到她家，杀死了她。

"麻美小姐的品行如何？"

"她真的是个好姑娘。我就纳闷了，怎么会有人想杀她呢？虽然她比较抠门，但毕竟没什么人依靠，会节俭也是难免的……"

"麻美小姐有没有'干爹'？"

"有个叫松下的人跟她走得挺近。不过从严格意义上讲，那人应该不算'干爹'吧……"

"松下？您知道那人的全名吗？"

"这我就不清楚了……"

"那人是什么来头？"

"我不知道那个松下住在哪里，平时做什么工作，只知道那人才三十多岁就已经家财万贯，似乎是继承了父母的遗产。那人的车可是雷诺哦，每次都开那辆雷诺过来。而且，那人还在遗嘱里留了遗产给麻美呢！"

"各位知道那个松下住在哪里吗？"楠见向女公关和酒保提问，可大家都说不知道。

"松下平时沉默寡言，几乎不会提起自己的事情，只是喝喝小酒，跟麻美聊聊天而已。也许人家比较享受酒吧的氛围。我们这些开酒吧的，最喜欢这样的客人了。"

"您还记得这人的身材吗？"

"矮矮瘦瘦，头发比较长。眼睛修长，还是双眼皮，鼻梁很挺，桃花运应该很旺。松下每次来我们酒吧都是一身名牌套装。"

嫌疑人终于浮出水面。如果这个叫松下的人就是麻美的"干爹",那就有可能造访她的房间,以便与她一同前往酒吧。也许他们在屋里争执起来,一来二去,便发生了凶案。

4

次日下午两点,西警署召开搜查会议,西警署署长担任议长,大阪府警搜查一课派出了宫泽警部与他率领的第四组的刑警们,鉴识课员与西警署刑事课的刑警们也到场了。

署长寒暄过后,宫泽警部逐一汇报了警方已掌握到的信息。

"被害人名叫内野麻美,二十五岁,在北新地的Empereur酒吧当女公关。据推测,被害人的死亡时间为昨天,即十一月二十二日傍晚五点半至六点半之间,死因是背后的刀伤,凶器较薄。被害人中刀后当场毙命。被害人头顶粉碎性骨折,面部瘀伤,颈骨折断,应该都是尸体与地面碰撞时受的伤。面部的瘀伤没有活体反应,说明被害人是被人捅死之后再推下楼的。

"尸体发现人是住在被害人楼下的伊部优子,以及当时闯进她家的根户森一。当时他们正好望向那扇面向后院的窗户，碰巧看到了尸体坠落的那一刻。两人立刻下楼来到后院，发现被害人已死亡。他们惊慌过度，没有确认时间，不过我们可以根据种种迹象推测，被害人落地的时间是晚上九点半左右。

"之后，根户森一离开案发现场，而伊部优子拨打了报警电话。起初，伊部优子向调查人员谎称看到被害人坠落的人只有她一个，因为她一个月后就要结婚，唯恐未婚夫知道她半夜与其他男人在一起之后会退婚。后来她老实交代，根户森一也目击了尸体坠落的瞬间。我们找根户森一求证过，证实他们的确目击到了那一刻。

"众所周知，如果这两位证人的证词属实，那案发现场的情况就令人费解。被害人的房门上了锁，还挂着锁链。除了尸体坠落的那扇窗，其他窗户也都锁着。房门的锁还好办，只要抢走被害人的钥匙后上锁就行。我们的确没有在被害人的房间里找到房门钥匙，因此这把钥匙应该被凶手拿走了。问题是，锁链只可能从室内挂上。可凶手并不在屋里。

"被害人的房间位于六楼，凶手不可能跳窗逃跑。我们也考虑过凶手是不是逃到了屋顶，但通往屋顶的大门也是锁着的，而且警官赶到屋顶时，屋顶上也没有人。那扇门的钥匙只有房东才有，就算凶手的确是通过屋顶逃跑的，也没有办法把门锁上。

"如果伊部优子与根户森一的证词是假的——内野麻美不是从窗口掉下去的，我们就不用纠缠于'凶手为何不在被害人屋里'这

密室收藏家　111

个问题。然而，两位目击证人没有说谎的动机。我们梳理了他们的利害关系与朋友圈，发现他们与内野麻美没有任何交集。而且他们两年前分手后直到昨晚为止再也没有接触过，也没有统一过口径的迹象。

"如果他们的证词属实，那凶手是如何溜出被害人家，又为什么要把尸体推下楼？凶手行凶后，为什么要等上整整三个小时才把尸体推下去呢？"

一位刑警说："凶手是不是在锁链上做过手脚？比如，他可以先挂上锁链，再把其中一个圈掰开。如此一来，锁链会一分为二，他就能自由进出被害人的房间。办完该办的事情之后，他再站到门外把那个圈装回去，锁链就能恢复如初。"

"不可能，"上午刚去案发现场检查过锁链的楠见摇头说道，"那条锁链严丝合缝，每一个圈的接缝都被焊上了，凶手不可能把圈掰开。"

"那……凶手可以先切断链条，走到门外后再用胶水黏上。"

"我已经确认过了，链条上并没有重新粘连的痕迹。"

另一位刑警发言道："您刚才说被害人家在六楼，凶手不可能跳窗逃跑。可我觉得他可以在窗口绑一条绳子，往下爬一层，从窗口溜进正下方的伊部优子家。"

"这也不可能，"楠见说道，"伊部优子目击到内野麻美坠落之后，从五楼下到后院，出门前还特地锁上窗户。所以凶手不可能逃进伊部优子家，再从伊部优子家的正门逃出去。井上大楼的一层到四层都是商铺，案发时这几层都没有人，面朝后院的窗户也都是锁着的。今天早上，铺主当着搜查员的面打开店门，搜查员们亲眼确认了每一扇面朝后院的窗户都上了锁。因此，凶手不可能通过四楼以下的商铺溜走。被害人家只有尸体坠落的那扇窗户没有上锁，凶手也不可能从其他窗户逃跑。"

另一位刑警问道："那……凶手会不会直接用绳子下到了地面？他可以找一根长度足够下六层楼的绳子，在一头拴个钩子，勾在窗框把手上，再顺着绳子下到地面……"

"你自己有本事用一根绳子速降六层楼吗？"旁边的刑警插嘴道。笑声四起。

署长绷着脸，清了清嗓子。

"呃，我肯定不行的，可登山家之类的专家也许可以？"

"我也考虑过这种可能性，"楠见回答道，"可是，如果凶手真的这么做，那他应该手握绳子，脚踩墙壁。光靠臂力肯定没法从六楼一路下到地面。问题是，那栋大楼后墙爬满藤蔓，如果有人用脚踩过，就一定会有藤蔓被踩烂或是踩断，但我们没有发现类似的可疑迹象，因此基本可以排除凶手用绳子下到地面的可能性。"

"凶手会不会把藤蔓当天然的梯子用？"

"我也想到了这一点，就让体重最轻的警官试了试，可他一把体重放在藤蔓上，就把藤蔓扯下来了。要是凶手在六楼外墙抓住藤蔓,那藤蔓肯定会迅速剥落,凶手肯定会摔死。顺便说一下,藤蔓下面也没有藏梯子之类的工具。"

"能否通过被害人摔下去的那扇窗户遥控房门的锁和链条?"

"绝对不可能。那扇窗户对面没有任何建筑物。你们也许会异想天开,觉得凶手可能从楼对面丢一根贴着胶带的绳子过来,把门锁上。可不凑巧的是,那间房窗外只有后院,再往前就是木津川的滔滔河水。"

宫泽警部说道:"关于凶手溜出现场的方法就先讨论到这儿。大家觉得凶手为什么要把尸体推下楼?"

"是不是因为凶手特别恨被害人?所以他才会在杀死被害人之后再把尸体推下楼,让尸体受损得更严重。"

"我经办过好几起因怨恨过度损伤尸体的案子,但那些案件的凶手都是在被害人死亡后继续用凶器攻击被害人。如果本案也属于这种情况,那凶手就该捅个几十刀,何必把尸体推下楼泄愤呢?"

见众人提不出更新颖的意见,宫泽警部便示意大家讨论一下作案动机。

"我们找Empereur酒吧的妈妈桑和其他女公关了解情况,她们都不知道被害人为什么会惨遭毒手。虽然被害人有点抠门,但她并没有和他人发生过金钱方面的纠纷。

"妈妈桑说被害人有个姓松下的'干爹',每周都会去酒吧报到,对被害人死心塌地,甚至在遗嘱里指定被害人当他的遗产继承人。也许这个叫松下的男人在被害人上班前去了她家，原本要和她一起去酒吧，结果发生争执，最后杀死了被害人。被害人很计较金钱，也许她嫌'干爹'给的钱太少，就跟松下争吵起来。无奈酒吧的妈妈桑、女公关和酒保都不知道松下的住处，连职业都不清楚。眼下这个松下就是我们的头号嫌疑人，必须尽快查清他的去向。

"至于目击证词……不凑巧的是，住在被害人对面的住户前天出门旅游了，昨天没有回家，此人的目击证词恐怕指望不上……"

就在这时，一位刑警推开会议室的大门，走进屋里，对署长耳语了几句。署长顿时露出惊愕的神色。他清了清嗓子，向在场的所有人说道："密室收藏家来了。"

5

门铃响起时，优子正在画室里作画。

她只得放下画笔，画布上还没有涂任何颜料。内野麻美的尸体总在她眼前挥之不去，害得她无法集中注意力。

她来到门口，透过猫眼一看，便不由得叹了口气。站在走廊里的人正是根户森一。昨天临别时，她告诉森一"明天你可以来找我"，他还真来赴约了。优子开门后，森一咧嘴笑道："早啊。昨晚可真是吓死人。刑警还特地来我家，问我是不是真的和伊部优子一起看到了内野麻美的尸体坠落的那一刻。我就告诉他们说，是真的，千真万确。"

"那还真是多谢你了。你今天有何贵干？"

"我还是来求你复合的，跟昨天一样。"

"那我的回答也跟昨天一样——没门。"

"求你了，就不能再好好考虑一下吗？我以前的确……"

就在这时，三名男子出现在森一背后。森一也察觉到身后有人，回头一看，竟是案发当晚审问过优子的楠见警官，还有一个二十五六岁模样、看上去很不牢靠的年轻刑警。第三个人有一双修长清透的眸子，年纪似乎在三十岁上下。

楠见对优子说："昨晚你一定受了不少惊吓吧。"见森一也在，他便说，"啊，原来你也在。那正好，这位先生有事要问你，省得我们多跑一趟了。"

楠见边说边指向那位三十岁上下的男子。

"他在配合我们警方的调查工作。"

不知为何，楠见的表情很是不悦。他身旁的年轻刑警却一脸兴奋。三十岁上下的男子深鞠一躬，自我介绍道："在下是密室收藏家。"他的口吻彬彬有礼，颇有几分不食人间烟火的味道。

"密室收藏家？"优子目瞪口呆，"敢问您的本名是……"

"区区贱名，不足挂齿。"

这人是何方神圣？优子将充满疑惑的视线投向楠见。楠见则一脸不快地说道："这位先生是密室杀人案的专家，会给我们警方提一些有价值的意见。我们能不能进屋详谈？"

一行人走进屋里，在餐桌周围各自落座。

"你们到底想问什么？"森一烦躁地问道。

密室收藏家微微一笑，说道："刑警先生告诉我说，您亲眼看见内野麻美小姐从窗口掉下来，还清楚地看到她眼睛瞪得很大。没错吧？"

"没错，那又怎么样？"

密室收藏家将视线转向优子，用无比平静的口吻说："您就是杀害麻美小姐的凶手吧？"

楠见刑警与年轻警官发出一声惊呼，看来密室收藏家并没有提前跟他们打过招呼。森一也惊得合不拢嘴。

"你别胡说。我可是亲眼看见内野小姐掉下去的。如果我是凶手，我要怎么把她的尸体推下去？再说了，案发现场不是密室吗？你倒是先解释一下那密室是怎么回事。"优子故作镇定。

"就是，你可不能血口喷人。你的名号就够奇怪的了……"森一狠狠瞪了密室收藏家一眼。

密室收藏家　117

气质超凡的男子用依然平静的口吻娓娓道来:"那就让我们来解读真相。验尸官称,麻美小姐的尸体有多处伤痕,头顶粉碎性骨折,面部瘀伤,颈骨断裂。恐怕她是先撞碎头顶,然后扭断脖子,最后整张脸都撞上了地面。因此,麻美小姐是头朝下坠楼的。

"但森一先生说,他看见的那个女人双眼瞪得很大。麻美小姐长发披肩,如果她坠楼时头朝下,那头发一定会被气流卷起,挡住她的脸。如此一来,森一先生就无法看到她的脸,也就不可能知道她的眼睛是睁着的。这就意味着,森一先生看到的那个女人是脚朝下坠楼的。

"麻美小姐头朝下,森一先生看到的女人却是脚朝下。其中的差别,究竟意味着什么呢?"

两位刑警茅塞顿开。

"是哦……还真是!我怎么就没意识到这个问题呢……"

"通过这个差别,能推导出的结论只有一个,那就是,优子小姐与森一先生目击到的坠楼女子并不是麻美小姐。"

"不是内野麻美?可……内野麻美的尸体就趴在六楼窗口的正下方啊?"

"有人在警方赶到现场之前就把那具被目击到的坠楼女子的尸体藏了起来。那个人还把麻美小姐的尸体放在了女子坠楼的地方。换言之,尸体被人掉过包。"

完了,优子心想,真相已尽在他掌握。

"被目击的坠楼女子不是麻美小姐,因此她不是被凶手捅死的,凶手没有必要把这个女人从六楼的窗口推下来。说不定这个人是自杀的,也有可能是意外坠楼的。既然如此,那所谓的'凶手'自然不会出现在六楼的房间里,而且把房门锁上的人就是那名坠楼女子。

"既然没有人看到麻美小姐自六楼窗口坠楼,那她就有可能是从别的地方掉下去的。案发时,麻美小姐家的房门是锁着的。警方一直认定,凶手抢走了麻美小姐的钥匙,并锁好了门。然而,既然凶手从一开始就不在六楼的房间里,就不可能抢钥匙锁门。其实钥匙是麻美小姐自己带走的。她带着钥匙出了门,准备去酒吧上班,在上班路上去了另一个地方,并在那里被人杀死。她家的钥匙应该还留在那个地方,恐怕还装在她的手提包里。

"神秘坠楼女子从密室状态的六楼房间跳楼自杀,或是失足跌落。而麻美小姐从别的地方坠楼。有人将两具尸体对调了一下,于是警方便误以为,麻美小姐的尸体是从六楼被人推下来的。于是凶手逃离密室的方法就成了警方面对的头号难题。"

年轻警官听得如痴如醉。森一却慌了神,不时偷瞄优子。楠见捧着胳膊,很不情愿地点了点头。

"如果真有两具尸体,而且有人把尸体掉了包,密室之谜就不攻自破了。可这番假设会带出好几个新问题。被人目击到的坠楼女子究竟是谁?那具尸体被藏到哪里去了?您刚才说,内野麻美的尸体是从别的地方被人推下去的,那这个地方究竟是哪里?您凭什么说伊部优子小姐就是凶手?最关键的问题是,凶手为什么要把两具尸体对调呢?"

密室收藏家微笑道:"您的这些问题,我会一一解答。您的第一个问题,被人目击到的坠楼女子究竟是谁?我们姑且将她称为X。除了X的身份之谜,还有两个问题与她有关。

"(一)X是跳楼自杀,还是意外坠楼?

"(二)X是几点来到麻美小姐家的?她是在麻美小姐还在家的时候来,并在送走麻美小姐后独自看家,还是趁麻美小姐出门上班后用备用钥匙开门入室的?

"让我们先看看(一)。X之死是跳楼自杀,还是意外坠楼?解决这个问题的细节,是X坠楼时,优子小姐与森一先生都看到X瞪大了眼睛。两位目击者能看到X的脸,这就说明X坠楼时面朝大楼。然而,如果X是从六楼的窗口跳楼自杀的,那么她应该会面朝窗外,对着后院才是。一般人自杀时不会把脸对着室内,换一种说法,自杀者很难在把脸对着建筑物的情况下跳楼。这就意味着X很有可能是意外身亡,而不是跳楼自杀。

"再看(二)。X来到麻美小姐家的时间是几点?请各位回忆一下,X不仅锁上了房门,还把锁链挂上了。如果此人送走了麻美小姐后独自看家,那的确应该把房门锁上,以防外人进屋,可为什么要把锁链也挂上呢?麻美小姐下班后就会回家。到时候,要是锁链还挂着，麻美小姐不就没法进屋了吗？但X偏偏把锁链挂上了。也就是说，X并没有送麻美小姐出门，而是趁麻美小姐不在，用备用钥匙偷偷溜进了麻美小姐家。"

"既然X是趁人不在偷偷溜进来的，还特地挂上锁链，那就说明X的目的是做一件麻美小姐在家时做不了的事。"

"麻美在家时做不了的事？这个人难道想偷东西吗？"

"没错。X生怕麻美小姐突然回来，才把房门锁好，还挂上了锁链。"

"可……不对啊。要是麻美发现家里丢了东西，她头一个怀疑的不就是有备用钥匙的人吗？X没料到自己会是头号嫌犯吗？"

"X肯定料到了。但此人心想，只要能在麻美小姐家找到想要的东西，就算麻美小姐怀疑到自己头上，也无所谓。"

"此话怎讲？"

"小偷为什么怕被人怀疑？因为失主会报警。可如果X得手了，麻美小姐却无法报警呢？"

"无法报警？"

楠见略感不解。可片刻后，他便恍然大悟。

"莫非……X要找的东西，是麻美用来勒索她的东西？麻美在勒索X？"

"应该是。即便X偷走这件东西，麻美小姐也无法报警。因为她一旦报警，警方就会追究她的勒索罪名。因此X才觉得，只要能把东西偷到手,麻美小姐知不知道都无所谓。"

"原来如此。这下我相信被害人的确在勒索X了。可X是怎么失足坠楼的呢?偷偷溜进别人的房间偷勒索材料的人,怎么会从窗口掉下去呢?"

"我们可以这么想:X之所以坠楼,正是因为她想偷麻美小姐用来勒索她的东西。"

"啊?"

"如果那件东西贴在X坠落的那扇窗户上方的外墙上呢?要拿到贴在外墙上的东西,就必须把脚踩在把手上,面朝墙壁,伸手去够。这个姿势非常不稳定,脚一旦朝把手外侧打滑,便会以脚朝下、面朝大楼的状态掉下去。这不正是X坠楼时的状态吗?"

"还真是……可麻美为何要把东西贴在那种莫名其妙的地方?她自己拿也不方便。再说了,贴外面岂不是容易被大风吹跑吗?"

"您说得没错,把重要的勒索材料贴在那种地方的确荒唐。然而这意味着,那份材料极有可能是假的。"

"那她为什么要把假材料贴在外面?"

"为了让X摔死。"

"啊?"

"麻美小姐为了让X失足坠楼,才把假材料贴在窗户上方的外墙上,还特地把这件事告诉了X。正如她所料,X趁她不在家的时候溜了进来,踩在窗户的把手上,企图偷回那份材料,却不慎坠楼而死。只要麻美小姐回家后把假材料收好，人们便会误以为X的死是一场意外，更何况案发时麻美小姐正在酒吧上班，有完美的不在场证明。当然，麻美小姐并不确定X一定会摔死，要是那个人没摔死，另找机会下手即可。这就是所谓的'盖然性[1]犯罪'。"

"盖然性犯罪？那是什么？您的理论太跳跃了，我实在难以置信。"说到这儿，楠见忽然想起了一件事，"话说回来，昨晚我在后院里看到一个信封。当时我没把它当回事，可现在想想……信封怎么会莫名其妙掉在后院呢。难道……"

楠见没把话说完，转而皱眉深思。年轻刑警激动地问道："那个信封会不会是贴在窗外的假材料？X刚用手指夹到信封，就脚下一滑摔了下去，同时把信封扯了下来，跟着X一起掉进后院……"

密室收藏家微笑道："我也是这么想的。顺带一提，X应该把麻美小姐家的备用钥匙和自家钥匙一起放进了西裤口袋。杀死麻美小姐的凶手把X的尸体藏了起来，所以警方没有在案发现场找到这两把钥匙。案发现场之所以没有留下X的钱包与大衣，恐怕是因为X开车来到了案发现场附近，因此没有必要随身携带这些物品。

"其实我们已经基本锁定了X的条件。X是一名女性，她与麻美小姐非常亲密——否则麻美小姐不会把备用钥匙交给她。麻美小姐有杀害X的动机，而且也有能力恐吓她。"

---

[1] 有"可能"但不会"必然"发生。

"X到底是谁？"楠见问道。

"Empereur的妈妈桑说，有个姓松下的人对麻美小姐一往情深。如果这个松下就是我们要找的X呢？"

"可松下不是男的吗……"

"女人也可以去酒吧。妈妈桑说过松下是个男人吗？"

楠见回忆许久，回答道："她的确没有明说松下是男人……"

"妈妈桑这样描述松下，'从严格意义上讲，那人应该不算是干爹'。因为松下是女性，所以不是'干爹'，而是'干妈'。这位松下女士的性取向特殊，更倾向于与同性交好。

"把备用钥匙给'干妈'，自是合情合理。松下女士在遗嘱里指定麻美小姐为遗产继承人，因此麻美小姐有杀害松下女士的动机。再者，成功男士若与风月佳人交往过密，免不了被人指指点点，更何况松下女士是一名同性恋者。只要麻美小姐暗示她，自己手里有几张能证明两人之间亲密关系的照片，松下女士就不得不听任麻美小姐的摆布。松下女士有一辆雷诺，这也符合'X开车来到现场附近'的推论。"

"我这就去确认一下。"楠见向优子打了个招呼，"借电话一用。"说完，他拿起听筒，转动拨号盘，"我是楠见，帮我打电话去Empereur酒吧，向妈妈桑确认一件事。我现在在伊部优子家，手头没有酒吧的电话号码……你帮我问问，迷上被害人的那个叫松下的客人是不是女的……对，就问她那人是不是女的……你赶紧问，我不挂电话，等你的回音。"

楠见似乎打去了搜查本部。他就这么举着听筒，一脸严肃地盯着优子。没戏了，优子心想。真相即将大白于天下。

"什么，松下真是女的？这样啊。真是不好意思，去酒吧问话的人明明是我，却搞出这么个误会……"楠见用手捂住话筒，带着茫然的表情对密室收藏家说，"您说得没错。"接着，他又将听筒举到耳边，言简意赅地传达了密室收藏家的推理。对方说完之后，他回答道："知道了。"说完便放下了听筒。

"警方会立刻调查大阪府全境有没有一名三十来岁的松下女士从昨晚开始行踪不明。"

原来那个女人叫松下……优子心想。连优子都不知道她是什么来头。

"那我们继续讨论第二个问题。松下女士的尸体到哪儿去了？其实案发现场不远处就有一处绝佳的藏尸地点——木津川。只要在尸体上拴些重物，沉到河底就行。后院不是放着许多水泥块吗？少了几块水泥块，也不会有人察觉到异样。"

"尸体在木津川里？"

楠见赶忙拿起听筒，再次旋转拨号盘。

"我是楠见……不好意思又要麻烦您了……能否派几个潜水员过来……也许松下的尸体就在木津川河底……对，密室收藏家就是这么说的。"

密室收藏家　125

楠见放下听筒,长舒一口气。

"第三个问题——麻美小姐的尸体是从哪里被人推下来的,以及第四个问题——为什么优子小姐就是凶手。这两个问题的答案,其实是硬币的两面。

"凶手将松下女士的尸体藏起来,换成麻美小姐的尸体,让人们误以为从六楼掉下来的是麻美小姐。我们可以从中看出,凶手知道松下女士从六楼掉了下来,只是此人恐怕并不知道坠楼的人是谁。要是不知道松下女士坠楼,自然不会想到这偷天换日之计。

"知道松下女士坠楼的人,正是警方的两位目击证人,优子小姐与森一先生。凶手就在他们二人之中。

"那么,凶手到底是谁?两位证人称,下楼确认过尸体后,优子小姐唯恐未婚夫知道她半夜和其他男人在一起之后产生误会,就把森一先生打发走了,独自拨打了报警电话。森一先生没有掉包尸体的时间。既然如此,凶手就只有可能是优子小姐了。

"这意味着,麻美小姐的尸体是从五楼的优子小姐家掉下去的。麻美小姐在上班前造访了优子小姐家,并在此地被优子小姐捅死。"

"那还有第五个问题——为什么凶手要将尸体掉包?"

"为了创造不在场证明。优子小姐目击到松下女士不幸坠楼后来到后院,看到了尸体。她灵光一闪,只要将两具尸体掉包,不就可以让森一误以为自己目击到的是麻美的尸体了吗?如此一来,优子小姐就成了目击证人，也就有了'凶手推下麻美小姐尸体'时的不在场证明。

"首先，优子小姐以'未婚夫知道我半夜跟别的男人在一起恐怕会误会'为由，让森一先生离开案发现场，并告诉他自己会报警。这样她就不用担心掉包时被别人撞见了。

"接着，优子小姐背着松下女士的遗体爬上防波堤，用绳子之类的东西绑了几块水泥砖在尸体身上，再把尸体丢进木津川。酒吧的妈妈桑说，松下女士身材瘦小。而优子小姐体格健壮，堪比女运动员，有足够的体力完成这一系列的动作。

"之后，优子小姐回到自己家中，将麻美小姐的尸体推出窗外。麻美小姐的身高只有一米五左右，优子小姐也推得动她。既然要将两具尸体掉包，那就需要在麻美小姐尸体上留下同样的瘀伤，因此优子小姐必须把麻美小姐推下去。

"优子小姐称，她发现尸体后立刻拨打了报警电话，但她其实是在完成伪装工作之后才打的电话。当然，也许森一先生还记得目击到松下女士坠楼的准确时间，他兴许会察觉到坠楼时间与报警时间之间的间隔太长。但优子小姐赌了一把——也许喝得烂醉的森一先生并不记得准确的坠楼时间。事实也正如优子小姐所料。

"更凑巧的是，松下女士的尸体是趴在地上的，没有把脸露出来。即便新闻节目报道这起案件，公布麻美小姐的照片，森一先生也不会察觉到，他在后院看到的并不是这个人。

密室收藏家　127

"优子小姐虽然把森一先生打发走了,但还不足以让他为自己的不在场证明作证。所以优子小姐原计划在警方问话时故意透露出当时她旁边还有别人,却装出一副不小心说漏嘴的样子,待警方追问时,再'不情愿'地招出森一先生也在屋里目击到了那一幕。谁知麻美小姐的房间上了锁,警方便怀疑起了优子小姐的证词,'无可奈何之下',优子小姐'老实交代',自己当时正和森一先生在一起。"

森一的脸色极为难看。他意识到,优子不仅看扁他,还完完全全利用了他。森一直勾勾盯着优子,眼中满是屈辱与恐惧。

楠见说:"优子小姐的杀人动机是什么?我们调查过麻美的朋友圈,她与优子小姐没有任何交点。唯一的交点就是她们住的是同一栋楼。她何必杀死一个陌生人呢?"

"正因为她们住同一栋楼,而且还是上下层,所以优子小姐才会有行凶的动机。"

"此话怎讲?"

"楼上楼下的邻居总免不了产生各种摩擦。比如,也许麻美小姐经常把东西摔在地上,吵到了优子小姐。也许麻美小姐用洗衣机的时候,水缸里的水溢出来漏到优子小姐家,破坏了优子小姐十分珍爱的东西……"

"没错。"优子喃喃道。一直保持沉默的她终于开口了。刑警们与森一大吃一惊,直愣愣地盯着她看。

全都说出来吧,优子心想。我累了,不想再遮遮掩掩了……

"最近我一直在画用于年末个人画展的作品。昨天傍晚,我实在画累了,就走出画室,在餐厅喝茶。过了一会儿,我回到画室,竟看到天花板在滴水,还滴在了画布上。我赶忙把画取下来,却已经回天乏术。为了赶上画展,我废寝忘食地画了将近一个月。我看着那幅被毁掉的画,发了好一会儿呆。水里有洗衣粉的味道,我很快搞清了这是怎么回事。一定是我楼上的贱人把洗衣机里的水弄出来了。要是水径直漏到餐厅也就罢了,可偏偏沿着天花板渗到画室,还滴在了我的画上……"

森一这才回过神来:"我昨天看到画架上没画还纳闷呢,因为你以前总说'一天不画技艺就会生疏',居然是因为楼上漏水,把你的画给毁了……"

"没错。我立刻上楼去找她理论,可她假装不在家,就是不开门。我实在没办法,就回到房间,可又提不起劲来做别的事,只能一直坐在椅子上发呆。到了六点多,我忽然听见有人下楼。我心想,也许是那个贱人来了,冲到走廊一看,果然是她。她穿着大衣,拿着手提包,大概是要去酒吧上班。看到我,她把头一扭,想从我身边闪过去。我说'我有话跟你说,到我家来一趟',她才一脸不情愿地点了点头,跟我回了房间。我把她毁掉的画甩给她看,可她不光不道歉,还说是这栋楼的建筑结构有问题,还冷笑着反问我,'你唠叨老半天,还不是想让我买下这幅画?'我顿时火冒三

密室收藏家　129

丈，回过神来才发现，我已经用厨房的菜刀捅了她的后背……"

之后，优子不知该如何是好，只能对着尸体发愣。洗衣机漏水是在傍晚，麻美还没有将这件事告诉房东。既然没人知道优子有动机，就算麻美的尸体被人发现，警方也不会立刻怀疑到优子头上。

不对，虽然房东还不知情，可漏水之后，优子曾去麻美房门口抗议过。麻美装作不在家，没有开门，但住在麻美对面的人也许听见了优子的抗议。既然如此，那警方迟早会发现她有杀人动机。

这可如何是好？对了！只要找不到尸体，警方就不会发现这是一桩杀人案。那要如何让警方找不到尸体呢？

"分尸"二字浮现在优子脑海中。我怎会想出如此可怕的主意……优子吓得瑟瑟发抖。然而，这是她唯一的选择。她犹豫许久，终于还是将尸体搬进了浴室。为了防止血溅到身上，她还脱下了衣服。

就在这时，门铃响了。森一找上门来。她可不能让人走进这间有尸体的屋子。优子本想无视森一，可森一偷偷配了备用钥匙，自说自话进屋来了。

"当时你说你正准备洗澡，难道你是打算在浴室里分尸吗？"森一面如菜色地喃喃道。

——你要是不答应，我就对着窗外大喊大叫，到时候一定会有人过来。要是你的未婚夫知道你深更半夜跟别的男人在一起，他会作何感想？

森一大放厥词时，优子吓得毛骨悚然。其实她担心的并不是未婚夫知道了会悔婚，而是浴室里的尸体会被别人看见。

就在优子与森一争论不休的时候，一个女人在窗外坠楼而下。见状，优子吓得心脏都快停跳了。她与森一赶忙来到后院，却发现地上躺着一个她从没见过的陌生女人。然而……

——这人是谁？应该是住在你楼上的人吧？你认识她吗？

森一如此问道。优子将计就计："她叫内野麻美，是个女公关。"她灵机一动，想出了掉包之计。

只要把这具女尸丢进木津川，换上麻美的尸体就行。如此一来，警方便会误以为优子与森一目击到了麻美坠楼的那一刻，她的不在场证明就能成立。就算警方发现优子有杀人动机，她也有不在场证明这块免死金牌。比起分尸之后再抛尸，掉包之计显然要更可靠一些。

但优子做梦也没有想到，麻美家的房门不仅是锁着的，还挂上了锁链，成了不折不扣的密室。听说门上挂着锁链，优子也是惊愕不已。因为警方一旦解开了密室之谜，就有可能察觉到尸体被她调过包。密室成立，反而会扼住优子的喉咙。此时此刻，优子的担忧终成现实。

不过话说回来，这起案件简直是一个又一个巧合的集合体：名为松下的女人被麻美设计害死，麻美则死在了优子手下。而松下的尸体帮助优子完成了不在场证明，就好像松下在保护杀死麻美的凶手,以报复麻美一般……

"喂,密室收藏家上哪儿去了?"

"怪了,他刚才还在的……"

优子听着楠见与年轻刑警的慌乱对话,望向一片空白的画布。虽然她会失去未婚夫和画家这份职业所带来的名利,但谁都无法夺走她对绘画的热爱。要是条件允许,她一定会把画布带进监狱,画一幅只为取悦自己的画……

别有内情的密室

一九八五年

1

凶手在制造密室之前再次环视整个房间。房间很宽敞，有八张榻榻米那么大，地上铺着胭脂色的地毯。里侧的墙上有一扇通往阳台的窗户，厚重的窗帘拉得密不透风。离他较近的那一面墙边放着一张桌子，桌上有一部文字处理[1]机。左手边有靠墙的书架与大号保险柜，柜门敞开，里头空空如也。行凶前，他用托卡列夫手枪[2]逼岸本彻夫打开保险柜，取出了岸本用来勒索自己的材料。为了这个大日子，他特地找了点门路，问暴力团员买了这把枪。

右手边的墙壁上装饰着几只风筝，形如武家的持枪奴仆。岸本彻夫就喜欢这玩意儿。贯穿他心脏的子弹，就嵌在那面墙上。

岸本彻夫的尸体仰面躺在房间正中央。这个身材矮小的男人胡子拉碴，眼睛半睁，上半身穿着黑白格纹毛衣，下身是米色的棉布裤子，左胸的衣服红了一大片。

---

[1] 1960年美国国际商业机器公司发明的新型电子打字机，具有存储文本的功能。
[2] 1930年费约道尔·巴基雷必基·托卡列夫所设计的苏联军用手枪。

凶手没有一丝一毫的负罪感。岸本彻夫本就是个只会敲诈勒索的人渣，人人得而诛之。碾死一个人渣，岂会有什么负罪感？

该收拾的东西都收拾了，应该没有任何遗漏。

房门锁好了，所有窗户上的半圆形锁扣也都扣上了，除了这间屋子里那扇通往阳台的窗户。最后一步，就是制作密室。

凶手戴着橡胶手套，剪下其中一只风筝的风筝线，再把桌子底下的椅子搬到通往阳台的窗户旁。

这扇窗还没有锁，锁扣的把手是朝下的。凶手在风筝线的一端打出一个绳圈，套在窗锁的把手上，然后站在椅子上，将风筝线穿过窗帘轨道与窗框之间的空隙。之后，他回到地面，拿着没有线圈的那一头，朝正对着窗户的书桌走去。

桌上放着一部文字处理机。几年前，文字处理机进入日本市场。东西是好，就是太贵，最便宜的型号也要三十万日元以上。文字处理机后侧配有打印机，打印机的进纸口前并没有白纸。凶手用速干胶将风筝线的一头贴在打印机的卷纸轴上。速干胶是从书桌抽屉里拿的。

他打开文字处理机，CRT显示器[1]亮了。凶手工作时也会使用文字处理机，很清楚机器的操作方法。他从软盘里随便找了一个岸本彻夫写的文档，按下"打印"键，开始打印。

---

[1] 阴极射线显像管（Cathode Ray Tube）显示器，即厚屏显示器。

即使进纸口没有纸，卷纸轴还是转了起来。确认卷纸轴在正常运作后，凶手拿起装有勒索材料与托卡列夫的手提包，打开窗户，用手稍稍抬起窗帘，来到放着晾衣杆的阳台。十二月的夜晚寒风刺骨，凶手不禁打了个寒战。他环视四周，确认家家户户都拉着窗帘，没有人往这个方向看。

接着，他关上窗户，窗帘留了一条缝。他将眼睛凑近玻璃窗，凝视着窗框上的锁。

风筝线从卷纸轴出发，朝斜上方伸去，经过窗帘轨道与窗框之间的空隙，急转直下，最后抵达半圆形的锁。因此卷纸轴在转动时会将锁的把手往上拉，等拉到底时，把手就会转动一百八十度，将窗户牢牢锁上。之后，打印机会继续打印，卷起更多的风筝线，使窗锁把手上的绳圈脱落，风筝线则会穿过窗帘轨道与窗框之间的空隙，全部卷入打印机的卷纸轴。

凶手等待了一分钟左右。他亲眼看见，窗锁的把手开始缓缓上升了。片刻后，把手完全升起，卡进卡口。为保险起见，凶手用手拉了拉窗户，窗户纹丝不动。

凶手微微一笑，密室已大功告成。

他再次环视四周，没有人在看他。

翻过阳台扶手，便是户外的停车场。凶手在冰冷的黑暗中冷静地迈开步子。过一会儿，他要去公用电话亭打一通匿名电话给警视厅，向警方通风报信。不过现在还不是时候。要是现在就打电话，那警方就会立刻发现尸体，法医推测出的死亡时间也会更准确。要是警方怀疑到自己头上，询问自己是否有那个时间段的不在场证明，那可就麻烦了。

凶手必须把"死亡时间"的范围拉得尽可能大。为此，他必须稍后再打电话去警视厅。

警方会如何看待这个密室呢？凶手心想。

凶手用钥匙在门外锁了房门，等发现尸体的人打破密室，发现尸体后，凶手再偷偷把钥匙弄回屋里——警方一定会这么想吧。但他们很快就会意识到，这种假设绝不可能成立。因为房门的钥匙在岸本彻夫的胃里。又有谁能把钥匙偷偷弄回死者的胃里呢？

莫非第一发现人打破密室发现尸体时，凶手还躲在现场，趁发现者六神无主离开现场时才偷偷溜走——警方会不会这么想呢？然而，他们会立刻发现这种假设也站不住脚。因为发现尸体的人应该会是一名警官，岂会被尸体吓得六神无主擅离现场？他一定会用案发现场的电话向警局报告情况，并留守现场保护证据，所以凶手绝不可能偷偷溜出案发现场。

也许，警方不会被这些可能性所蒙蔽，而是打从一开始就看破了用文字处理机与风筝线打造的密室。

那也无妨——警方破解不了才怪呢。但他们绝不会察觉到隐藏在"密室"中的真正陷阱。

凶手胸有成竹。

2

"哇，真是好久没来了！"水原凉子站在"金鱼汤"前，大声喊道。

"以前你常和敦子、小茂他们一块儿来这儿泡澡呢。"祖母稳重地说道。

澡堂一切如故。顶着黑色瓦片的人字形玄关，印有"金鱼汤"字样的门帘，耸立在夜空中的巨大烟囱，都是儿时记忆中的模样。

小时候，凉子每次去祖母家做客，祖母都会带着她和其他孙辈来这家澡堂。祖母家也有浴室，但祖母更倾心于宽敞的澡堂。

两人抬起门帘，将鞋子放进木质鞋柜。墙上贴着一张墨迹鲜明的纸，上面写着："上午，七点至九点；夜间，五点至十二点"。

哗啦啦……拉开磨砂玻璃门，从柜台侧面走过，前往更衣室。温暖的空气将冰凉的身子包裹起来。坐在柜台后的是一位戴着眼镜的老婆婆。她满脸皱纹，淡淡说了句："欢迎光临。"凉子还记得，她小时候来澡堂的时候，也是这位老婆婆在看门。她到底有多大年纪了啊……

更衣室里有五六位浴客，年龄各不相同。上到年过古稀的老婆婆，下到不满十岁的小朋友。有人在穿衣服，也有人在脱衣服。房间角落里摆着一部体重秤，还有卖饮料的自动售货机，里头有矿泉水、茶与果汁，也有果味牛奶。遥想儿时，凉子来这儿泡澡的一大乐趣，便是让祖母在泡澡之后给她买上一瓶果味牛奶。与表亲们一起喝牛奶时品味到的甘甜还在舌尖流转。好嘞，今天泡完澡之后一定要买一瓶来喝，凉子心想。

她脱下衣服，放进储物柜。储物柜跟以前一样小。现在是冬天，衣服比较多，又是大衣又是毛衣，把储物柜撑得满满当当，门都快关不上了。她拔出钥匙，把拴着钥匙的橡胶圈套在手腕上，带着毛巾、沐浴露、洗发水与护发素，与祖母一同走进浴场。

墙边有一个巨大的水缸，好几条金鱼在水中悠游，这也是"金鱼汤"这个名字的由来。

凉子与祖母并排坐在龙头前，冲了个澡，清洗身子。凉子瞥了祖母一眼，只见祖母用毛巾擦拭身体的动作很是娇羞，好似情窦初开的少女。于是她随口问道："奶奶，你的初恋情人是谁？"

祖母微笑道："这个嘛……奶奶年轻的时候啊，的确有那么一个人让我心动过。但说他是初恋情人，好像也不太合适。"

"那是谁？难道是爷爷？"

"错啦，还真不是你爷爷。我跟你爷爷是那个人出现之后又过了好几年才认识的。"

"那你是什么时候见到那个人的？"

"是奶奶十六岁那年。那时奶奶还在女校上四年级。"

"那人长什么样？帅不帅？"

凉子问得投入，几乎顾不上洗澡。祖母缓缓闭上双眼，回答道："他啊，就好像是从电影里走出来的一样，英俊潇洒，玉树临风，还特别彬彬有礼。可是，打动我的并不是他的长相，而是他的智慧。他真的特别特别聪明，一眨眼的工夫，就解开了所有人都没能解开的难题。"

"奶奶就是喜欢聪明人。爷爷不也是个聪明人嘛。莫非奶奶说的那个人是女校的老师？"

"不是，奶奶也不知道他是谁。他像一阵风似的突然出现，解决完问题之后又跟一阵风似的消失了，连自己姓甚名谁都没有提。奶奶就见过他一回。"

"哎，这算什么。他是什么来路？又到底解决了什么问题？"

"这个问题，跟你的工作还有点关系呢。"

"跟我的工作有关？"

凉子正要追问，却听见有人突然喊道："啊呀，小凉？这不是小凉吗！"凉子回头一看，只见一个烫着泡面头的大妈冲了过来。这位大妈大概五十来岁，就住在祖母家附近，说话跟开机关枪似的。小时候，凉子每次去祖母家都会撞见这位大妈。大妈自己没有孩子，对凉子和她的表亲们百般疼爱，经常送零食和果汁给他们。

"哎呀呀，我有几年没见你了？有十年了吧？不，不止十年。哎哟，你都成亭亭玉立的大姑娘啦。年轻就是好，瞧瞧你这皮肤，多光滑呀。瞧瞧我……"

大妈立刻开起了"机关枪"。被她这么一掺和，凉子到头来还是没把奶奶的陈年往事打听清楚。

3

次日是星期五。当天上午，警方于北区西原三丁目的"滨冈小别墅"公寓楼发现了一具非正常死亡的尸体。死者是住在一〇三号房的岸本彻夫，现年五十六岁。死因为枪击。

警视厅在上午十点半接到一通匿名电话。"我杀死了住在北区西原三丁目滨冈小别墅公寓楼一〇三号房的岸本彻夫。"说完这句话后，不明人物便挂断了电话。电话那头的声音很闷，警方甚至判断不出那人是男是女。接电话的是通信司令室的负责人。起初，他将信将疑，最后还是联系了离案发现场最近的警亭，派巡查去滨冈小别墅查看情况。

巡查骑车抵达现场后发现，一〇三号房的房门是锁着的。他按了好几次门铃，却没有人来开门，只好绕到公寓后侧。一〇三号房有两间房对着阳台，靠左那间的两片窗帘之间有一条细缝。巡查翻过扶手，爬进阳台，透过窗帘的缝隙往里看，只见一个男人仰面躺在地上。巡查赶忙伸手开窗，却发现两间房的窗户都上了锁。他只得砸开左边那间屋子的窗玻璃，把手伸进去打开窗户的锁。进屋后，他清清楚楚看到了尸体。死者左胸中枪，照现场的情况推测，凶案发生于数小时前。

十点五十分，警视厅搜查一课三组的警官们赶到现场。滨冈小别墅大门口拉起警戒线，由巡查严加把守，外面则围了一圈看热闹的群众。这栋公寓共有五层，外观颇为时髦，房租怕是不便宜。这时，组长早濑警部抬起警戒线，率领一众警官走进公寓大门。年纪最轻的凉子走在最后。

"凶手为什么要打电话通知警方呢……"凉子自言自语道。

她的同事藤本警官立刻说道："也许是想让我们早点发现尸体，这样就能推测出准确的死亡时间。如果凶手提前准备好不在场证明，却因为警方迟迟没有发现尸体，导致死亡时间的范围太宽，那他苦苦准备的不在场证明不就派不上用场了吗？凶手之所以给窗帘留了条缝，也是为了让巡查看到屋里有死尸，让他知道那通电话不是恶作剧，如此一来才能确保尸体被我们发现。"

密室收藏家　143

"既然凶手想让我们早点发现尸体,为什么不再早一些打电话?发现尸体的巡查说,从现场的情况看,凶案应该是好几小时前发生的。凶手为何不在行凶后立刻打电话,而要到十点半再打?警方越早发现尸体,法医推测出的死亡时间不是会越准确吗?"

"话是这么说……"

"我总觉得凶手之所以给警方打电话,并不是为了让警方早点发现尸体,而是另有原因……"

"这就是'女人的第六感'吗?"藤本警官调笑道。凉子心中顿时冒出一股无名火。这人跟凉子说话的时候,总是一副目中无人的态度。

三组的警官们一同走进一〇三号房,进门后是餐厅和厨房。里侧的左右各有一间小房间,房门都开着。左侧房间里摆着床与衣橱,应该是卧室。右边的房间就是本案的案发现场。

房间的面积与八张榻榻米相当,地上铺着胭脂色的地毯。离门口较近的那堵墙边放着书桌,左手边有靠墙的书架与大号保险柜。右手边的墙壁上挂着好几个风筝,似乎是被害人收集的。最靠里的那堵墙上有通往阳台的窗户。

岸本彻夫仰面倒在地上。他身高不足一米六五,十分矮小,胡子拉碴,看上去很邋遢。他上身黑白格纹毛衣,下身米色棉质裤子。左胸呈红黑色,那就是他中枪的部位。

"子弹贯穿了被害人,打进了这儿。"这栋公寓归泷野川警署管辖,片区刑警边说边指向右手边的墙壁。风筝之间的米色墙壁上有一处黑色的弹孔,乍一看很像污点。

这时,验尸官与鉴识课员们走进房间,于是三组的警官与泷野川警署的警官决定先去走廊等一会儿,腾出空间。

"这是死者用来放钥匙的盘子吗?"

走到门口时,警部瞥了眼放在门旁小橱上的木盘,盘子里放着轿车与自行车的钥匙,死者平时应该会把所有钥匙都放在盘子里。然而,房门的钥匙并不在盘中。看来凶手拿走了盘子里的钥匙,锁好房门后扬长而去了。

"被害人请的钟点工来了。"守在公寓门口的巡查进屋说道。

警部回答:"带她过来吧。"

片刻后,巡查带来了一位四十五六岁模样的矮胖女子。女子自称西川阳子,隶属东京钟点工协会,每周一、三、五上午十一点到下午两点来被害人家打扫卫生、清洗衣物并准备午饭。她吓得脸色惨白,却难掩兴奋。亲历杀人案的人常有类似的反应。

"您一定吓坏了吧,"警部安慰道,"请问您知不知道岸本彻夫先生是做什么工作的?"

"他说他是自由撰稿人。"

"自由撰稿人?自由撰稿人油水这么足?他住的房子那么好,还请得起钟点工……"

"天知道……不过他的确赚得不少。他开的可是奔驰,虽然是二手的。"

"岸本先生结婚了吗？"

"没有。他说他不喜欢被人管手管脚，所以从没结过婚。"

"那他有没有仇家？"

"没有。"钟点工摇了摇头。

"他有没有和别人闹过矛盾，或者是吵过架？"

"也没有。"

"我看他在书房墙上挂着好几只风筝，那是不是他的兴趣？"

"没错。他还喜欢去澡堂泡澡。"

"澡堂？"

"他每周都会开车去一两次澡堂。澡堂的名字叫'金鱼汤'，从这儿开车过去大概五分钟。"

听到"金鱼汤"三字，凉子大吃一惊。原来被害人也常去那座澡堂。开着奔驰去公共澡堂——一想象那场景，凉子险些笑场。

"房门口的小橱上放着一只木盘，岸本先生平时是不是把钥匙都放在那个盘子里？"

"对，房门、轿车和自行车的钥匙都放在盘子里。"

西川阳子对雇主知之甚少。警部再三询问，也没能问出多少有价值的信息。

"感谢您的配合。"说完，警部便把钟点工打发走了。

"警部，我发现了一个疑点。"凉子说道。

"什么疑点？"

"刚才那位钟点工，一般都是上午十一点过来的吧？"

"是啊，怎么了？"

"也就是说，如果凶手没有在十点半打电话去警局，那钟点工也会在十一点发现尸体。凶手何必抢在钟点工之前打电话通知警方呢？那也只比钟点工早了三十分钟，为什么不多等三十分钟，让钟点工发现尸体呢？"

"这个着眼点好像有点意思……"警部顿时有了兴趣。

"凶手不知道十一点会有钟点工过来吧。"藤本警官冷冷地插了一句。听到警部表扬凉子，他好像很不愉快。

"这个可能性也有。但凶手提前准备好了手枪，这说明他有周密的计划，照理说应该会调查一下被害人的生活起居，所以极有可能知道钟点工每周一、三、五上午十一点会来干活。凶手为什么不让钟点工当第一发现人呢？"

"凶手为什么不让钟点工发现尸体……嗯，这个问题可以拿到搜查会议上好好讨论一下。"

之后，三组的警官与片区刑警一同搜集了公寓住户的证词。从昨天晚上到今天早上，有没有人听见枪声？岸本彻夫为人如何？这些都是警方要了解的重点。

然而，所有居民都没有听到枪声。这栋公寓的隔音措施十分到位，除非是天翻地覆的大动静，否则住在其他屋子里的人是听不

密室收藏家 147

见的。凶手若是使用了消音器，左邻右舍就更不可能听见枪声。一〇三号房位于走廊尽头，子弹打中的右侧墙壁是公寓外墙，隔壁邻居也不会察觉到子弹入墙时产生的震动。没有人目击到可疑人物，也没人了解被害人的生活。

验尸官与鉴识课员完成任务后，凉子和同事们回到了现场。

"死亡时间是什么时候？"早濑警部向验尸官问道。

"应该是昨晚十一点到今天凌晨两点之间。左胸有一处贯穿性枪伤，死者中枪后应该是当场毙命。"

接着，鉴识课员向警部做了汇报："我们取出墙上的子弹，做了鲁米诺试验，发现子弹上的确有血迹。这颗子弹应该就是杀害被害人的那一颗。被害人毛衣的正面附着了许多火药颗粒，由此可见，凶手是在离被害人非常近的地方开的枪。"

"能从子弹推测出枪支的种类吗？"

"子弹是七点六二毫米的，凶手用的应该是托卡列夫手枪。一九八〇年之后，有好多冒牌托卡列夫走私进日本。"

"保险柜上有指纹吗？"

"只有被害人的。"

保险柜左侧的书架上放着各行各业的名人录，还有揭露行业内幕的书籍，以及一些国企的周刊杂志，也许被害人写的文章就发表在这些杂志上。

警部将视线转向书桌。书桌上放着一部机器，有CRT屏幕，还有键盘。凉子在新闻节目里见过这玩意，知道它叫文字处理机。CRT画面上显示着一些文字。

"被害人从软盘里调出了他以前写的报道。"

泷野川警署的刑警好像已经调查过文字处理机了。

"软盘？调出？这些词都是什么意思？我不是很懂文字处理机，你能不能帮我解释一下？"警部问道。

"软盘是一种记录媒介，专门用来储存用文字处理机撰写的文档。要用文字处理机干活时，就把软盘插进软驱，把需要处理的文档调出来。您看，现在出现在画面上的是一篇文章，标题是《社长在拉斯维加斯一掷千金？一流证券公司的惊人内幕》。文档的修改日期是今年六月七日，应该是发给周刊杂志的稿件。既然是半年前的文章，那应该已经刊登。被害人应该不是想改，而只是把文章调出来看一看。"

"既然已经刊登出来，那为什么不直接看杂志，而是要用文字处理机看呢？过期的杂志都在书架上放着呢。"

"也许这篇稿子被出版社枪毙了，也有可能是被害人刚好没有刊登这篇文章的那本杂志。"

"这件事要找出版社确认一下。"

警部又将视线转向了大号保险柜。柜门敞开，里头空无一物。

"凶手肯定拿枪指着被害人，让被害人打开柜门，把里头的东西都拿走了。"

密室收藏家　149

"保险柜里到底放了什么？"凉子问。

"那样东西对凶手非常重要，重要到他不惜为此杀人，多半是用来敲诈勒索的材料。被害人收入颇丰，生活富足，也许在长期敲诈凶手。当然，也许被害人是当红撰稿人，本职工作收入不菲，可空空如也的保险柜正是他敲诈勒索的佐证。被害人从事的工作比较特殊，有可能获得丑闻的证据，他便利用那些证据敲诈别人。之所以能过得那么逍遥，是因为被敲诈的人一直在给他封口费。然而，天长日久，终于有一个人忍不住了。他用手枪威胁被害人打开保险柜，夺回证据，之后又开枪打死了被害人……"

"被害人用来敲诈勒索的材料有可能是在采访过程中得到的。要查出被害人在勒索谁，就有必要查一查他在采访些什么。"

"是啊。"警部点头称是。

之后，警官们对房间展开了地毯式搜索，希望能找到用于作案的凶器。然而，手枪不知所踪，八成是被凶手带走了。

藤本警官检查了被害人的随身物品，发现了一件怪事。岸本彻夫把钱包插在裤兜里，可里头只有几张千元纸币和一些零钱，既没有万元大钞，也没有信用卡。

从屋里的摆设和岸本的衣着打扮看，他的日子应该过得颇为滋润。可钱包里居然没有大钞和信用卡，这也太说不过去了。凶手可能偷走了钱包里的钱财，又何必把钱包塞回被害人的口袋？凶手总免不了做贼心虚，钱财一到手，自会迅速走人。

警方对案发现场展开进一步搜索，终于在书桌抽屉里发现了五张万元大钞和一张信用卡。照理说信用卡一般是放在钱包里的，岸本彻夫却把信用卡放进了抽屉。这到底是为什么呢？

4

当天下午，警官们造访了与岸本彻夫有合约的出版社，想了解他到底在采访什么。出版社称，岸本的文章基本都围绕丑闻展开。但岸本向来严守秘密，连出版社都不知道他在追踪调查什么。因此警方认为，他们很难通过这条线查出岸本在勒索的人。

调查显示，岸本的文字处理机显示出的那篇文章——《社长在拉斯维加斯一掷千金？一流证券公司的惊人内幕》已经登上了六月的周刊杂志，岸本的书架上就有这本杂志。问题是，如果岸本想重新看一看这篇文章，为什么不看已经出版的周刊杂志，却要用文字处理机看呢？早濑警部在案发现场时已提出过这个问题。

次日早上，搜查本部拿到了司法解剖结果，死亡时间和死因与昨天验尸官得出的结论完全一致，而且法医还在警方意料之外的地方找到了房门的钥匙——被害人的胃里。

凶手不可能先锁门再把钥匙弄进被害人的胃里,这意味着凶手没有用那把钥匙锁门。莫非这间屋子还有另一把钥匙?

警方联系了滨冈小别墅的物业公司,以确认他们是不是给了被害人两把钥匙,因为公寓一般都会为房客配备两把钥匙。谁知物业公司表示,他们起初的确给了被害人两把钥匙,但被害人说一把就够用了,把另一把还给了物业公司。

警方追问,房客有没有可能自己多配一把?物业公司的回答是否定的。房门的钥匙非常特殊,只有原厂才能制作出备用钥匙。要是房客把钥匙弄丢了,物业公司会直接联系厂商定做钥匙,厂商接到订单后则会留下记录。然而,厂商那边并没有一〇三号房的订单记录。

换言之,房门并不是用钥匙锁的。凶手转动了室内那一侧的门把手上的旋钮。因此,凶手应该是从窗户逃跑的。问题是,警方发现尸体时,每一扇窗户都锁得好好的,而且人走到窗外,关窗后,就碰不到窗框上的锁了。

综上所述,这是一起密室杀人案。

被害人平时会将房门钥匙放在门旁小橱上的木盘里。凶手用手枪指着被害人,逼他吞下钥匙,再开枪打死他。之后,凶手用某种方法打造出了密室。他之所以用手枪作凶器,不仅仅是为了威胁被害人打开保险柜,更是为了逼被害人吞下钥匙。但警方并不清楚凶手让被害人吞钥匙的真正原因。

警官们只得前往案发现场，试图揭开密室之谜。

也许凶手行凶后先走到室外，再用细绳或钓鱼线之类的东西拴住窗锁的把手或门把手上的旋钮，拉动绳索完成密室。可这栋公寓的窗户关上后不会留下一丝缝隙，绳子根本穿不过去。房门下面也有一级小台阶，而门板的下侧与台阶完全吻合，只要将房门关上，绳子之类的玩意儿就无缝可钻。

莫非警亭的巡查发现尸体时，凶手还藏在案发现场，之后才趁乱逃跑？不可能。巡查发现尸体后就一直守在现场，寸步不离。如果躲在暗处的凶手溜走，巡查定会发现。

早濑警部说："我终于明白凶手为什么要让被害人吞下钥匙，又打匿名电话去警视厅。他要把密室的其他可能性都排除掉。"

"把密室的其他可能性都排除掉？"藤本警官一脸惊讶。

"凶手先用钥匙锁好房门，再在他人发现尸体后偷偷把钥匙送回案发现场——凶手之所以让被害人吞下钥匙，就是为了排除这个可能性。也许发现尸体的人会吓得六神无主，逃离案发现场，这时，躲在暗处的凶手就可以趁机溜回现场，将钥匙放回去。况且被害人一般都把钥匙放在门旁的木盘里，凶手可以趁尸体发现者离开现场时，迅速把钥匙放到原处。

"为了防止其他可能性打破密室，凶手特意让被害人吞下钥匙，提前帮警方排除了这种可能性。凶手总不可能在别人发现尸体

密室收藏家　153

之后再把钥匙弄进尸体的胃里。于是警方就可以否定'在他人发现尸体后偷偷把钥匙送回案发现场'这个可能性了。"

"原来如此……"

"凶手之所以打匿名电话去警视厅，让警官发现尸体，也是为了排除其他可能性。普通人看到尸体，也许会吓得手忙脚乱，仓惶而逃。就算不逃跑，也不一定敢用案发现场的电话报警，兴许会去隔壁人家借电话用。在这种情况下，'在他人发现尸体后偷偷把钥匙送回案发现场'这个假设就有可能成立。然而，如果第一发现人是警察，那他绝不可能因为过度慌乱而离开案发现场。如果凶手想在此时偷偷溜出现场，也一定会被警察看见。

"水原不也很纳闷吗？既然钟点工十一点会来，那凶手为什么不让钟点工发现尸体，反而特地在十点半打匿名电话去警视厅？用我刚才的那套理论，水原的疑惑也能迎刃而解。如果发现尸体的是钟点工这样的普通人，那发现人就有可能因惊慌过度逃离现场。凶手想提前排除这个可能性，所以趁钟点工来到现场之前打了电话，让警官成为第一发现人。他之所以在上午十点半打电话，则是为了尽可能拖延时间，让法医得出的死亡时间更模糊。但凶手也必须让警方在钟点工到来之前发现尸体。十点半这个时间点，就是凶手权衡之下得出的结论。"

早濑警部的分析让凉子叹为观止。不愧是搜查一课的组长，思路就是清晰。

"可话说回来，凶手为什么要排除密室的其他可能性？"

"眼下我也说不出个所以然来。我只能看出，凶手不希望警方用其他假设破解他的密室，但我们并不清楚个中缘由。关键问题在于，凶手是如何打造出密室的……既然窗门没有缝，那就不可能站在外面用绳子上锁。凶手离开案发现场之后使用了屋里的某种动力源，锁上了房门或窗户。那他使用的这个动力源是什么呢？"

"会不会是文字处理机上的打印机？"经验丰富的富泽巡查部长开口说道。一行人纷纷朝他投去惊讶的视线。富泽警官是警局里的老资格，照理说他应该是最不熟悉新式机器的人才对。

"老富，你……很懂文字处理机吗？"

富泽警官略显羞涩地回答道："我也不是很懂……是这样的，我侄子在家电公司工作，他们公司就卖这玩意儿。我看案发现场有台文字处理机，就想了解一下相关知识，昨晚便找他打听了一下。他告诉我，文字处理机后面有专用的打印机，可以把显示屏上的文档打印出来。而打印机里有个叫'卷纸轴'的零件，是专门用来进纸的。凶手用的动力源会不会就是打印机里的卷纸轴？"

"我这就去瞧瞧，"警部将脸凑向文字处理机的后部，"……老富，真被你猜中了，卷纸轴上真的缠着一根线！"

"真的假的？"

警官们纷纷凑上前去。年纪最轻的凉子最后一个上前确认。果不其然，卷纸轴上卷着一根细线，似乎是风筝线，大概是从墙上的

密室收藏家　155

风筝上拆下来的。

"也许凶手是这样制造密室的——把风筝线的一头贴在卷纸轴上，另一头拉到窗边，穿过窗帘轨道和窗框之间的空隙，绑在窗锁的把手上。这时窗还没有上锁。按下打印键之后，卷纸轴就会开始旋转，卷起风筝线，窗锁的把手就会被拉起。转过半圈之后，窗户就完全锁上了。"

"如果真是这样，窗帘轨道上会有风筝线留下的擦痕。"藤本警官如此说道。他搬了一把椅子到窗边，一脚跨上椅子，盯着窗帘轨道看了又看。"找到了！的确有风筝线的擦痕。"

屋里掌声四起。

"那篇《社长在拉斯维加斯一掷千金？一流证券公司的惊人内幕》为什么会出现在文字处理机画面上的问题也迎刃而解。如果被害人想重新看这篇文章，他大可直接翻看杂志，没必要用文字处理机。其实这篇文章是凶手调出来的，他只是想随便打印一篇文章，让卷纸轴转动起来，调出哪一篇都无所谓。"

凶手制造密室的手法，被警方轻易解开了。

"可……我们还有一个问题要解决，"警部环视部下们说道，"凶手为什么要制造密室？我们还没有搞清他的动机。一般情况下，制造密室的动机是将谋杀伪装成自杀或意外，可凶手并没有做这方面的伪装。而且凶手还帮我们排除了密室的其他可能性。他为什么这么不希望我们用别的假设去破解密室呢……"

次日，警方发现了三名嫌疑人。

警视厅收到了一封书信。负责人一看内容便脸色大变，赶忙将信送到设于泷野川警署的"岸本彻夫谋杀案搜查本部"。闻讯后，警官们也是激动不已，因为这封信出自死者之手。

如果警视厅收到这封信，就意味着我已不在人世。凶手就是以下三人之一。

岸本彻夫在信中写道，他正在勒索这三个人，可能会被他们灭口。为了将凶手绳之以法，他便提前做好安排，只要他一死，书信便会自动寄出。被害人也许是将书信托付给了所谓的"万事屋[1]"，并吩咐他们，一旦中断联系，就立刻寄出书信。

信上写明了三个嫌疑人的姓名、性别、年龄、职业、地址以及他用来恐吓的材料。

第一名嫌疑人名叫高木津希，女性，四十七岁，都议会议员。家住大田区西六乡的公寓。

高木津希刚开始她的第二届任期。她对外宣称，自己毕业于美国名校哈佛大学法学院，还有新英格兰州的律师资格，但岸本彻

---

[1] 只要给予相应的酬劳就会接受各种工作的人。

夫查出这些经历都是一派胡言。议员伪造学历，是违反《公职选举法》的恶劣行为，将会受到刑法的制裁。岸本搞到了过去三十年哈佛大学毕业生的名册与新英格兰州的律师名册，发现上面并没有记载高木津希的名字。他答应高木不对外公开此事，但高木需每月支付十万日元的封口费。

第二名嫌疑人名叫城田宽子，女性，五十三岁。她是保健器材销售公司"城田产业"的社长，家住横滨市港北区日吉。

四年前，岸本通过一个曾在城田产业当会计的男人，搞到公司的"账外账"。长久以来，这位会计奉城田宽子之命，用账外账帮公司偷税。谁知城田宽子恩将仇报，背叛了这位忠心耿耿的会计。会计一怒之下将账外账交给了岸本，以报复城田宽子。不久后，会计后悔了，想把岸本手里的账外账要回来，但岸本每一次都找借口敷衍过去。又过了一段时间，会计因车祸不幸身亡。独占秘密后，岸本立刻开始勒索城田宽子，要求她每月支付十万日元。

第三名嫌疑人名叫柴山俊朗，男性，六十一岁。他是柴山综合医院的院长，家住琦玉县浦和市岸町。

六年前，骨关节结核病曾在柴山综合医院大肆流行。岸本发现，所有该病患者都因神经痛等问题接受过类固醇的关节注射。他认为，结核病蔓延的原因就出在医院的消毒工作上。岸本找到结核病的患者们，让他们作证说"我在柴山医院接受过类固醇的关节注射"。他将录有证词的录音带甩在柴山俊朗面前，要求他每月支付十万元封口费，否则他就向厚生省和保健所报案。

正如警方所料，岸本彻夫家的保险柜里的确放着他用来勒索他人的证据。他用微型胶卷拍下哈佛大学毕业生名册与新英格兰州律师名册，用来勒索高木津希，也留下了针对城田宽子的账外账，还有记录了患者证词的录音带，专门用来对付柴山俊朗。凶手用手枪逼被害人打开保险柜，抢走保险柜里所有的证据。之所以顺便带走别人的证据，也是为了防止警方手握所有被勒索者的名单。如果只带走自己的，一比对便知谁是真凶。凶手自以为道高一尺，怎料魔高一丈，被害人早已准备好了告发嫌疑人的书信。

警官们分头行动，前去了解三名嫌疑人的情况。当天晚上，众人在泷野川警署召开搜查会议，汇报调查结果。大伙儿士气高涨，白板上还贴着他们偷拍来的嫌疑人照片。

高木津希身材高挑，面相知性。一听警官提起"学历造假"，她便吓得脸色惨白，却矢口否认自己认识岸本。她表示，案发当天，她于晚上九点离开丸内的都议会，之后一直独自在家，过了午夜零点便上床就寝了。

城田宽子脸宽体胖，乍一看是个为人亲切的大妈，唯独那一双眼睛异常犀利。警官一提起账外账，她便哈哈大笑，仿佛警官说了个有趣的玩笑。她说自己不认识什么岸本，他也许是跟她的公司有仇，才会谎称公司有账外账。案发当天，她与公司的干部去横滨中华街用了晚餐，之后带他们去了元町的酒吧，直到深夜十一点多才出来。之后她打车回到家中，到家时间是十一点四十分。她泡了个澡，于深夜一点前就寝。警方找到了那位司机。司机表示，城田宽子的确是晚上十一点四十分左右到的家。

柴山俊朗身材矮小消瘦。警官一提起"骨关节结核"这几个字，他便满脸通红，大发雷霆。他表示，结核病的确在柴山医院内流行过一阵子，但此事与注射器具没有任何关系。他也不认识姓岸本的人。案发当天他有一台紧急手术，一直忙到晚上十一点。之后他与护士们开会沟通了一下患者的情况，然后才打车回到家中，到家时大概是十二点半左右。出租车司机也表示，柴山俊朗给出的时间没有问题。

三名嫌疑人都没有成家，没人能证明他们回家后没有出门。岸本的死亡时间为晚上十一点至凌晨两点，而这三名嫌疑人不是完全没有不在场证明，就是只有一部分时间段的不在场证明。而且三名嫌疑人都有私家车，有条件在深更半夜前往岸本家。也就是说，他们都有可能行凶。

5

当晚九点多。凉子开完泷野川警署的搜查会议，独自走在前往上中里车站的夜路上。平塚神社就在她的左手边，她沿着坡道一路往下。路上几乎没人。

凶手为什么要把案发现场布置成密室？他为什么怕警方用别的假设解开密室？凉子满脑子都是这两个问题，迟迟没有察觉愈发接近的脚步声。等凉子发现身后有人时，那人已经把手搭在了她的肩上。凉子立刻用双手抓住可疑人物的手，边转身边扭那人的手臂。

"好痛啊啊啊啊！"惨叫传来，好耳熟的声音。来人竟是藤本警官。凉子赶忙松手。

"哎，原来是你，我还以为是色狼呢。"

"你干吗突然扭我的胳膊啊，下手也太狠了！"藤本警官揉着右臂，撅起嘴抱怨道。

"还不是因为你突然把手搭在我肩膀上。"

"好好好，都是我的错。我只是想吓唬吓唬你。"

密室收藏家　161

"都几岁了,还玩这个……你找我有什么事?我已经下班了,没必要陪一个合不来的同事聊天。"

藤本警官竟难为情地说:"呃,是这样的,这附近有一家很不错的意式餐厅。泷野川警署发的便当太难吃了,你要不要跟我一起去那儿吃点东西,换换口味?就吃个甜点也成。"

凉子盯着藤本警官端详了半天。借助路灯的灯光,她分明看见那张不修边幅的脸有些发红。这演的是哪一出?

凉子微笑道:"行啊,那就带我去瞧瞧吧。"

藤本刑警带凉子来到一家店面小巧的意大利餐厅。餐厅名叫"Trattoria Chizuru"。两人推开门,侍者打扮的老婆婆便说:"欢迎光临。"老婆婆身材苗条,年轻时肯定很漂亮。店里没有其他客人,身着白袍的中年主厨正在吧台后的厨房里擦盘子。

凉子与藤本警官找了一张桌子。

"这家店的意大利面很不错,甜点也相当美味。我原来特别瞧不起那些喜欢吃甜点的人,可是吃了这家的甜点之后,我就改变了看法。我准备点份奶冻,再来杯特浓咖啡,你呢?"

"那我来份一样的吧。"

藤本向老婆婆点了单。老婆婆微微一笑,回厨房把单报给了主厨。片刻后,她端来了奶冻与咖啡。

用叉子舀一口喷枪烤焦的焦糖奶冻,再品一口特浓咖啡……一整天的疲劳都烟消云散了。

"我以前都不知道甜点能做得这么好吃。你吃过吗？"

"吃过。我也特别喜欢吃这种奶冻。小时候每次去奶奶家玩，奶奶都会做这个给我吃。"

"你奶奶很喜欢做甜点？"

"这儿就是我奶奶家。"

"啊？"

"我奶奶就是这家店的老板，而店名"Trattoria Chizuru"的"Chizuru"就是我奶奶的名字。那位老婆婆就是我奶奶，在厨房忙活的是我叔叔。"

藤本警官一脸茫然地望向老婆婆——凉子的祖母。祖母对藤本警官微微一笑，点头示意。粗人藤本顿时羞红了脸，赶忙也点了点头。身在厨房的叔叔则咧嘴笑了一下。

"不好意思吓着你了。其实你说要带我来这家店的时候，我就该告诉你，但我想听听看你是怎么评价这家店的，就没吭声。你这么喜欢这家店的意大利面和甜点，我真是太高兴了。"

被凉子这么一说，藤本警官的脸更红了。

就在这时，一个身材高瘦的男人推门走进餐厅。这人大概三十岁上下，迈着行云流水般的步子在店内穿行。众人本以为他会随便找个空位坐下，谁知他竟径直走到了凉子和藤本所在的这张桌子。

"不好意思，打扰二位用餐了。请问二位是警视厅搜查一课的

密室收藏家 163

水原凉子巡查与藤本刚志巡查吗？"

"是啊，请问您是？"

凉子仰头望向神秘男子。他鼻梁高挺，五官精致，有一双修长而清透的眸子。

"非常抱歉，我好像还没有做自我介绍。我是密室收藏家。"

"密室收藏家？"

凉子听前辈们提起过这个名字。一有所谓"密室杀人案"发生，这位神秘人物就会悄然现身，解开密室之谜。然而，凉子周围的刑警都没有见过密室收藏家，她还以为这只是警局内部的传说或玩笑。难道站在她眼前的这个男人，就是名声在外的密室收藏家？他的长相倒是与前辈们口中的神秘人颇为吻合……

凉子与藤本一脸困惑，面面相觑。凉子望向祖母与叔父。叔父很是莫名，祖母却瞪大双眼，凝视着这位自称"密室收藏家"的男人，神情与平时截然不同。

"我听说二位正在调查发生在北区西原的密室杀人案。可否将案件的详细情况讲给我听一听呢？"

"您是怎么打听到我们的名字的？"

也许是某位同事在搞恶作剧。

"因为我是密室收藏家。"男子如此回答。说了跟没说一样。

"你要怎么证明你就是货真价实的密室收藏家呢？"

"我拿不出看得见摸得着的证据。我只能用我的推理能力来证明我就是密室收藏家,因此二位需要为我提供足够的材料。"

"要是您无法证明您就是密室收藏家,我们也不能随随便便透露案情。"

这下可好,绕进死胡同了。

"请二位一定要相信我。拜托了。"

说完,神秘男子深鞠一躬。凉子向藤本问道:"你怎么看?"藤本抱着胳膊回答:"他看起来不像在说谎,也不像在演戏,应该是可信的。"

听到这话,凉子下定了决心。她说道:"那我就把案情跟您讲一讲吧。"她详细介绍了警方已取得的调查成果。

"也就是说,警方已锁定三名嫌疑人,只是还没搞清凶手是哪一个。案发现场的密室也被我们的同事解开,不用您亲自出马。"

"原来如此,各位的办案能力果然了得。不过警方虽然解开了密室的制作方法,却没有搞清凶手制作密室的动机,不是吗?"

"话是这么说……"

"只要密室之谜还没有完全解开,我就有义务让真相大白于天下。"

"莫非您知道凶手大费周章制作密室的动机?"

"我也还没有定论,正准备细细推理一番。二位是否介意我坐下?"

"请坐。"

密室收藏家悄无声息地落座，向祖母点了一杯特浓咖啡。平日里温文尔雅的祖母竟是一脸难以自已的惊讶。她究竟是怎么了？

"凶手为什么要制作密室？其动机可大致分为八种。"密室收藏家娓娓道来。

"有八种那么多？"

"第一种动机，是为了将他杀伪装成自杀或意外。若警方认定凶手不可能进出案发现场，就会将案件判断为自杀或意外，而不是他杀。"

"可是……"

"没错，如果凶手要将案件伪装成自杀，就会做好相应的伪装工作，比如把手枪塞进被害人手里。但凶手带走了凶器，并没有要把本案伪装成自杀的迹象，也没有留下指向'意外'的蛛丝马迹。因此我们可以排除这种情况。

"第二种动机，是让警方怀疑有可能出入密室的人，或是与被害人一同身处密室的人。假设案发现场房门紧锁，却只有一个人拥有钥匙，那么能出入房间的人就只有那一个，警方自然会怀疑到他头上。再比如，被害人与另一个人同时身处案发现场，如果案发现场是密室，就意味着有能力行凶的人只有被害人之外的那个人，如此一来也能达到栽赃嫁祸的目的。"

"可……"

"没错。被害人没有把自家钥匙交给任何人，所以没有别的人有能力出入密室。而且没有第二个人与被害人同在案发现场，因此我们可以把这种情况排除在外。

"第三种动机是通过制作密室，妨碍警方查明自己犯下的罪行。这些案件中，只要警方不解开密室之谜，就无法将凶手逮捕归案。在本案中，凶手似乎提前为警方排除了密室的其他可能性。如果警方用别的方法破解了密室，就有可能证明凶手的犯罪行为，就算那并不是凶手实际使用的方法也无妨。所以凶手想要提前排除其他可能性也是理所当然。从这个角度看，凶手制作密室的动机很有可能就属于这种情况。

"问题是，本案中的密室并没有坚不可摧到妨碍警方举证的地步。警方轻而易举地解开了密室，便是最好的佐证。由此可见，本案的动机并不属于这种情况。也许凶手自认为本案的密室固若金汤，足够妨碍警方调查，但从'凶手事先排除其他可能性'这一点看，凶手应该是行事周密之人。这样一位凶手，岂会无法客观判断出本案的密室并没有如此牢靠呢。"

祖母端来了特浓咖啡。密室收藏家道谢后，用优雅的动作举杯品了一口。

"第四种动机，是为了延迟尸体被发现的时间。将案发现场变为密室，就没有人能进入现场，尸体被发现的时间也会相应变晚。也许凶手有什么难处，要是有人立刻发现尸体，他就难以脱身。

"然而，如果凶手只是不想让别人进屋，大可把门锁上一走了之,无需用繁杂的手法把窗户锁上。我们也可以排除这种情况。

"第五种动机,是为了让警方误以为密室就是案发现场。密室中有一具他杀的尸体——看到这般景象,警方会认定密室就是案发现场。但被害人其实是在别的地方遇害,死后才被搬进密室。也许凶手能通过替换案发现场得到一定的益处。"

"但贯穿被害人左胸的子弹就卡在密室的墙壁上,案发现场肯定就是被害人家。"藤本警官插嘴道。

"没错。所以这种假设也站不住脚。

"第六种动机是,凶手想到了将案发现场变为密室的点子,便想动手尝试一下。这种动机完全基于凶手的自我表现欲与虚荣心,是'为密室服务的密室'。"

凉子一脸无奈:"这可说不通,谁会为这种动机去杀人?"

"我说的只是凶手制作密室的动机,与杀人动机无关。他的行凶目的并不是制作密室,也许他只是觉得,既然都杀了人,那就顺便尝试一下自己想到的密室手法。

"然而,我们可以从'凶手事先排除了其他可能性'这一点看出,凶手对密室手法有一定程度的了解。那他应该能料想到,本案的密室十分寻常,毫无特色。如果凶手使用的是极具独创性的手法也就罢了,他何必为了一个司空见惯的手法'顺便'把案发现场做成密室呢?因此我们亦可把这种可能性排除在外。

"第七种动机,是为了隐藏真正的密室。"

"为了隐藏真正的密室？这是什么意思？"

密室收藏家的话愈发专业了。

"假设某人在密室中自杀身亡，好几个人同时造访案发现场，破门发现了尸体。要是警方发现死者是自杀的，就会有不利于某人的事发生——比如保险公司会拒绝支付赔款。无奈案发现场是一个密室，如果这个人什么都不做，警方就会立刻断定死者是自杀身亡的。于是此人趁其他发现者去报警时，用针线在窗门上做些小动作，留下蛛丝马迹。前来调查案件的警官们发现这些痕迹后，便会误以为发现者们打破的这个密室是'凶手'一手打造出来的。案发现场本是一个没有动过任何手脚的真正密室，但如此一来，此人就能掩盖'死者自杀身亡'的真相。在这种情况下，'真正的密室'意味着'自杀或意外'。为了掩盖死者的真正死因，某人硬是把'真密室'伪装成了'假密室'。"

"原来如此，我听明白了。但本案的被害人明显死于他杀，不可能因自杀或意外而死，所以本案的现场应该也不会是您所说的'真正的密室'。"

"没错。所以我们也可以排除这种情况。"

"那最后一种动机——制造密室的第八种动机究竟是什么？"

"第八种动机就是，在制造密室的过程中进行的某种行为，才是凶手的真正目的。如果凶手只进行那一种行为，会显得极不自然，所以他干脆打造出一个需要进行那种行为的密室。换言之，密室是那种行为的伪装。"

"啊？我又听糊涂了……"

"以本案为例，也许凶手的真正目的是让打印机的卷纸轴卷起风筝线。可光完成这个动作，未免太不自然，所以他打造出了一个密室，用密室来掩护他想完成的行为。"

"凶手的真正目的是让打印机的卷纸轴卷起风筝线？凶手做这个干什么？"

"您别误会，我只是举个例子，并没有断定那就是凶手的目的。目前我还不清楚凶手的真正目的是什么，但我可以确定，只有这'第八种动机'才符合本案的情况。"

6

"恕我冒昧，不过您是不是忘记了第九种动机呢？"祖母突然开口说道。凉子大吃一惊。只见原本在厨房收拾餐具的祖母竟在她不经意间走到了桌边。

"非常抱歉，我并没有故意偷听您说话，只是在厨房时正巧听见了，又觉得非常有趣，便贸然插嘴了……"

"倒是无妨。不知您口中的'第九种动机'指的是什么？"

密室收藏家一脸的不可思议。祖母微微一笑，回答道："那就是为了把您——密室收藏家引出来。一旦发生密室杀人案，密室收藏家不就会悄然现身吗？也许那个凶手特别想见您，才犯下了密室杀人案。"

"特别想见我？"密室收藏家露出万分意外又惊愕的表情反问道，"凶手为什么会想要见我？我可不值得人家朝思暮想。"

"这可未必。在我看来，想见您的大有人在，就好比我。"

凉子顿时愣住了。

"奶奶，您为什么想见密室收藏家？您压根没听说过他吧？"

密室收藏家凝视着祖母。那精致的脸庞上，浮现出一丝温润的笑意："我想起来了。您是那起案件——昭和十二年发生的'京都柳园高等女校密室杀人案'的目击证人。您的芳名可是鲇田千鹤？"

祖母两颊绯红，那腼腆的模样，好似羞涩的花季少女。

"没错。您还记得我呀。我都成了老太婆，您却一点都没变。"

"这是怎么回事？奶奶，难道您见过密室收藏家？"

"嗯，就在四十八年前的昭和十二年，当时我还是女校的学生。我们学校的音乐老师在密室里被人杀害。当时，密室收藏家先生突然现身，三下两下便解开了密室之谜。"

密室收藏家　171

四十八年前,祖母才十六岁。凉子不禁回忆起前些天在"金鱼汤"的对话。祖母说,她十六岁那年遇到了第一个让她动心的人。那个人非常聪明,一眨眼的工夫,就解开了所有人都解不开的谜。莫非让祖母动心的人,就是密室收藏家?

更让凉子惊愕的是,既然密室收藏家解决过昭和十二年的案件,那就意味着他至少已经年过古稀。可他的外表还是三十来岁的青年。

"那起案件与这起案件都使用了手枪,也都是上了锁的密室。话说回来,负责那起案件的是您的舅舅吧?他近来可好?"

"他在昭和四十五年去世了,那年正好是大阪世博会。他当了一辈子刑警,昭和二十七年以堀川警察署署长的身份光荣退休。他也对您念念不忘,巴不得再见您一面。"

"原来他已经不在人世了……他是个好人,对我也信赖有加。没能再见他一面真是遗憾之至。"

凉子曾听说,她的太舅姥爷也是一位警察。儿时,她曾与这位长辈见过几面,印象中是位非常随和的老者。她还记得太舅姥爷第一眼见到她便惊叹道:"这丫头长得跟千鹤小时候一模一样!"虽然凉子当上警察时太舅姥爷已经过世了,但她还是觉得,自己与他在冥冥之中有着某种联系。原来这位太舅姥爷也曾见过密室收藏家。

祖母看着密室收藏家问道:"不知您对这第九种动机有何高见?也许凶手跟我一样,一心想再见您一面,于是打造出了密室,好把您引出来。"

"奶奶,什么叫'也许凶手跟我一样',这话多难听,说得好像奶奶就是凶手似的。"

"也许奶奶真是凶手呢?"祖母露出了调皮的微笑。这种玩笑哪能随便乱开!凉子着了急,连藤本警官都愣住了。

密室收藏家微笑道:"很遗憾,第九种动机也站不住脚。本案使用的密室手法太过普通,在我出现之前,警方就已经搞清了密室的制作方法。这么简单的密室岂能吸引得了我?如果凶手真想把我引出来,那就会准备一道警方无法独立解开的难题。凶手提前为警方排除其他可能性,他对密室肯定有一定的了解,也很清楚本案的密室司空见惯,警方稍加思考便能轻易破解。"

"警方的确破解了密室的制作手法,可您还是出现了,不是吗?"藤本警官插嘴道。

"那是因为警方只搞清了密室的制作手法,却没有搞清凶手为什么要制作密室。只要关于密室的谜团还存在,我就一定会出现。但凶手应该不会只用'制作密室的动机'来引蛇出洞。如果他真的有意见我,就一定会使用更高难度的密室手法。但本案中的密室并不属于这种情况。因此第九种动机也站不住脚。

"综上所述,唯一剩下的可能性就是第八种动机——在制作密室的过程中进行的某种行为才是凶手的真正目的。那么,凶手的真正目的究竟是什么?让我们来细细分析一番。"

"我的假设被推翻了。太遗憾了。"祖母大方地说道。

密室收藏家微微一笑,继续说:"凶手使用的密室手法极为简易,这一点引起了我的注意。将绳子拴在窗锁的把手上,用打印机的卷纸轴卷起绳子锁上窗户。这实在太普通,只有动力源,也就是文字处理机还稍微有些创意可言。凶手大费周章,为警方排除其他可能性,却只留下如此粗制滥造的密室,根本不足以挑战警方的智慧。既然凶手提前排除了其他可能性,就意味着凶手对密室手法有绝对的自信,坚信自己打造出的密室不会被警方看穿。谁知仅存的那一种可能性也就这点水平。凶手真会为了如此蹩脚的手法,绞尽脑汁去排除其他可能性吗?

"凶手是如何排除其他可能性的?他做了两件事。其一,他逼迫被害人吞下房间的钥匙。其二,他让警察成为发现尸体的人。且不论第二条难度如何,我们一想便知,第一条执行起来绝非易事。为了让被害人吞下钥匙,凶手要拿枪指着被害人百般威胁,还要掰开被害人的嘴,确认他是不是把钥匙吞下去了。被害人不一定会老实照办,凶手一定在这一步上费了不少时间。

"凶手大费周章,只为排除其他可能性,留下他实际使用的蹩脚手法。在我看来,这种行为极不符合逻辑。

"而且,只要将凶手做的这两件事稍作比较,便会发现它们所带来的效果有所重复。"

"有重复?"凉子很是不解。

"凶手用钥匙锁上房门，躲在暗处，待第一发现人惊慌失措离开案发现场时，再偷偷溜回犯罪现场，把钥匙放回原处——为了排除这种情况，凶手逼被害人吞下钥匙。这是凶手做的第一件事。

"凶手一直躲在案发现场，待第一发现人惊慌失措离开案发现场时，再偷偷溜走——为了排除这种情况，凶手选择了不会惊慌失措逃离现场的警官作为尸体的第一发现人。这是第二件事。

"第二件事的前提是，警官要一直留在案发现场。问题是，既然警官会留在现场，那凶手就不可能偷溜回去，将钥匙放归原位。换言之，只要警官是第一发现者，凶手想要排除的可能性已经被自动排除了。只要凶手做好'第二件事'，就没有必要再特地去做'第一件事'了。"

"听您这么一说，好像还真是这么回事……"

"综上所述，凶手做的'第一件事'费时费力，显得既不自然又多此一举。既然如此，那凶手为什么非要去做这件事呢？

"这时我们需要运用逆向思维，既然我们想不出凶手做这'第一件事'的原因，那就不妨假设凶手并没有做过这件事。"

"凶手没做这件事？"

"没错。我们可以假设，凶手并没有逼被害人吞下钥匙。"

"那钥匙怎么会跑到被害人胃里去呢？"

"既然不是凶手逼的，那钥匙就是被害人自己吞下去的。"

"钥匙是被害人自己吞下去的？他为什么要……"

密室收藏家　175

"唯一的可能性就是，吞钥匙这一行为是对犯人的指控。这把钥匙是所谓的'死亡讯息'。"

"死亡讯息？"

"当凶手将枪口对准被害人的时候，被害人吞下了钥匙，以便向警方告发凶手。被害人认为，只要法医在司法解剖时发现自己胃里有钥匙，警方就会立刻意识到那是死亡讯息，从而锁定凶手的身份。凶手当时就理解了被害人的用意，但箭在弦上不得不发，要是自己就此罢手，被害人定会求助警方。所以凶手明知道被害人吞下了钥匙，却还是扣动了扳机。

"行凶后，凶手便开始思索自己该如何处理被害人胃里的'死亡讯息'。凶手无法将手伸进胃里取出钥匙，更不能剖开被害人的肚子。

"凶手反复思索，决定把案发现场布置成密室。如此一来，就能让警方误以为自己为了排除'凶手趁第一发现人慌忙逃离现场时溜回房间放回钥匙'的可能性，让被害人吞下了钥匙。但这把钥匙其实是被害人留下的死亡讯息，为了掩饰死亡讯息，凶手便为'吞钥匙'这个行为赋予了新的意义——'排除密室的其他可能性'。

"为了让'凶手故意排除密室的其他可能性'这一谎言显得更真实，凶手必须多做一些'用于排除其他可能性'的行为。于是凶手便向警视厅拨打匿名电话，让警方误以为凶手为了排除'凶手一直躲在案发现场，待第一发现人惊慌失措离开案发现场时，再偷偷溜走'的可能性，特意让警官成了尸体的第一发现人。

"在制作密室的过程中进行的某种行为，也就是为了排除其他可能性作出的行为，才是凶手的真正目的。我们可以就此断定，凶手制造密室的动机是我刚才提到的第八种。"

"那被害人的死亡讯息究竟指向谁？他想通过吞钥匙的行为告发谁？"

"死亡讯息可以用多种方式去解读，有些看起来特别荒唐，有些还在情理之中，可谓种类繁多。仅凭对死亡讯息的诠释锁定凶手，就好比在柔软的土壤上造房子，却连地基都不好好打。我想先进行推理，暂且不管被害人的死亡讯息究竟意味着什么。待推理出结果，锁定凶手之后，再比对'答案'，确认死亡讯息指的是不是那个人的名字。

"言归正传。当凶手举枪指向被害人时，被害人灵机一动，吞下了钥匙。这把钥匙原来是放在哪儿的？是不是放在被害人存放钥匙的地方——玄关大门旁的小橱顶上的木盘里？

"如果钥匙原放在木盘里，就意味着凶手举枪后，被害人一路冲到玄关，拿起钥匙吞了下去。然而，凶手不可能允许被害人轻举妄动。如果被害人做出出人意料的行为，凶手定会立刻阻止，在这种情况下，被害人不可能拿到钥匙。

"所以，也许凶手举枪时，钥匙已经在被害人手里了。他看到凶手举起凶器，便立刻吞下钥匙，凶手甚至来不及阻止他。"

"钥匙已经在被害人手里了？"

"没错。那这一点意味着什么呢？照理说，一个人在自己家，不会拿着房门钥匙走来走去。所以被害人不是正准备出门，就是刚从外面回来，所以钥匙才会在他手里。

"假设被害人正准备出门，就说明他拿着钥匙正要开门，正巧撞上找上门来的凶手，而凶手立刻举起了手枪；假设被害人刚从外面回来，那说明凶手和被害人同时进屋，然后立刻举起手枪。如果两人并非同时进屋，那被害人就会在凶手举枪前把钥匙放进木盘。

"那么，哪一种假设才是正确的呢？

"让我们先分析一下第二种假设。这种假设会引出一个疑问：凶手为什么一进门就举起手枪？等被害人走进餐厅，背对凶手时再举枪，岂不是更万无一失？用手枪指向一个背对自己的人，要比指向正对自己的人容易，凶手大可不必一进门就慌忙举起手枪。如果凶手不是一进门就举枪，那被害人一定会把钥匙放在门口的木盘上，再走进餐厅，那凶手举枪时，钥匙就不在被害人手里，被害人也就不可能吞下钥匙。

"换作第一种假设的话，凶手自然要在门口举枪，因为被害人正要出门，凶手必须阻止他。凶手早已动了杀念，不想因为被害人外出临时改变计划。

"综上所述，第一种假设才更符合常理。被害人拿着钥匙，正要开门，谁知凶手突然来访，在门口举起了凶器。"

凉子等人听呆了。密室收藏家好似从帽子里变出兔子的魔术师，从没有人关注的盲点出发，做出了没有人能想到的推理。

"那么，被害人本打算去哪儿？请注意，被害人身着毛衣与棉质长裤，没有穿大衣、夹克之类的外套。十二月的夜晚如此寒冷，他出门时为什么连件外套都不穿？"

"也许他中枪时穿着外套，是凶手后来脱掉的。"

"不可能。被害人身上那件毛衣身前附着着许多火药微粒。如果他中枪时穿着大衣或夹克，那微粒应该会附着在外衣上，绝不会有这么多微粒留在毛衣上。"

"啊，对……"

"隆冬季节，被害人只穿着一件毛衣便出了门。由此可见，他打算开着有空调的车，去一个暖和的地方。"

"暖和的地方？哪儿？"

密室收藏家微笑着回答道："澡堂。"

"澡堂？"

"没错。被害人很喜欢澡堂，经常开车去距离他家只有五分钟车程的'金鱼汤'。如果他去的是澡堂，就能解释他为什么不穿大衣或夹克。反正是去澡堂泡澡，进了澡堂，身子就暖和了，只要开车过去，就不用穿大衣或夹克了。再者，去澡堂泡澡时要把衣物脱下放进储物柜，而大衣或夹克之类的外套特别占空间，不如不穿，轻装上阵。"

凉子立刻回忆起"金鱼汤"那狭小的储物柜。

"还有一条线索能证明被害人正准备去澡堂。被害人的钱包塞在裤兜里，里头只有几张千元纸钞和一些零钱。被害人收入颇丰，可钱包里居然没有万元大钞，也没有信用卡。事后，警方在被害人的书桌抽屉里发现的五张万元大钞和信用卡，很有可能是被害人自己放进抽屉的，但警方就是想不通被害人为什么要这么做。

"如果假设被害人正准备去澡堂，万元大钞与信用卡被转移到抽屉里的原因便会浮出水面。泡澡时，我们必须把钱包和衣服放进储物柜，可储物柜的锁就是个摆设，随便一撬就开。被害人唯恐储物柜里的东西被人偷去，便尽可能少带一些钱。"

"原来如此……如果被害人准备去澡堂，钱包的问题也解释得通了。可就算我们知道被害人打算去澡堂，也没法锁定凶手。"

"'金鱼汤'一般开到晚上几点？"

"半夜十二点。"凉子回答道。

"'金鱼汤'距被害人家有五分钟车程。被害人至少会在澡堂待上二十分钟。我们可以就此倒推出被害人应该会在'金鱼汤'关门的二十五分钟前，也就是十一点三十五分之前出门。而凶手是在被害人出门时找上门的，所以凶手也是十一点三十五分之前来的。被害人的死亡时间为十一点之后，于是我们可以将案发时间的范围缩小到十一点到十一点三十五分。在三名嫌疑人中，有一个人没有这段时间的不在场证明。而那个人就是我们要找的凶手。

"城田宽子和公司的干部在酒吧一直喝到十一点多,再打车回家,到家时已是十一点四十分左右。公司的干部与出租车司机能为她提供十一点四十分之前的不在场证明。

"柴山俊朗在案发当晚完成了一台紧急手术。手术一直持续到十一点,之后他与护士们开了个会,打车回到家时已是十二点半。因此他有十二点半之前的不在场证明。

"高木津希于晚上九点离开都议会,回到家中。之后她一直独自在家,没有案发时间段的不在场证明。因此她就是本案的凶手。

"高木津希于晚上十一点到十一点三十五分之间来到被害人家,被害人正捧着泡澡用的物品,打算开车去澡堂。他应该是这样对高木津希说的,'我正准备出门,有事明天再说。'但高木津希已打定主意,不想夜长梦多。她举起随身带来的手枪,将被害人逼回屋里。她命令被害人打开保险柜,抢走用来勒索的证据。被害人意识到自己有生命危险,便将手中的钥匙吞了下去,如此一来,即便凶手真的动了手,他也能向警方控诉凶手的罪行。高木津希立刻看穿了被害人的用意,无奈事已至此,覆水难收,她便开枪打死了被害人。

"行凶后,她开始伪装案发现场。首先,她将被害人捧着的泡澡用具放回原处,再将车钥匙放回门旁的木盘,掩盖被害人正准备去澡堂的事实。"接着,她用文字处理机的打印机卷纸轴和风筝线打造出密室,用于抵消被害人的死亡讯息。密室手法平淡无奇,但也许能

密室收藏家　　181

打造出被害人遇害前正在使用文字处理机的假象，进而掩盖被害人正准备去澡堂的事实。最后，她在案发第二天早上十点半打了一通匿名电话去警视厅，假装自己在排除密室的其他可能性。"

凉子、藤本警官、祖母与叔父不禁为密室收藏家送上掌声。密室收藏家通过对密室成因的反复推敲，成功锁定了案件的真凶。

祖母感慨万千地说："在昭和十二年听完您的推理之后，我便一直祈祷着能再见您一面，再听您推理一回。我这四十八年真是没有白等。您的推理真是太精彩了。"

密室收藏家深鞠一躬："感谢您的夸奖。"

这时，凉子意识到，本案还有一个未解之谜。

"可……吞钥匙怎么算是对高木津希的控诉呢？"

密室收藏家微笑道："您把'钥匙'，也就是'键'字放进'胃'字里看看。"

"放进去？怎么放？"

"'胃'字乃上'田'下'月'。再把'键'插进去，便是凶手的名字。"

凉子细细一想，顿时惊呼道："啊！"

"田"加"键"再加"月"，就是高木津希。[1]

---

[1] 日语中，钥匙为"键"，田、键、月三个字的日语发音分别为ta、kagi、tsuki，连读与高木津希（takaki tsuki）相似。

佳也子之屋为雪所覆

二〇〇一年

1

佳也子一睁眼，白色的天花板便映入眼帘。暖和的毛毯盖到胸口，后脑勺有柔软枕头的触感。

佳也子用手缓缓撑起上半身。她发现，有人为她换上了睡衣。

她正躺在一间六张榻榻米大的房间里。墙上贴着白色墙纸，地上铺着白色瓷砖。屋里的家具只有床、床头柜、椅子与冰箱。墙角有一台空调，送出阵阵暖风。

床头柜上放着佳也子的手提包，还有叠好的衣物。佳也子探出身子，伸手拿起手提包，掏出手机，翻开屏幕一看——现在是一月三日上午七点零三分。

佳也子心想：我在哪儿？她只记得自己在元旦那天傍晚来到林中服下安眠药企图自杀。还有自杀时的地冻天寒，被暮色笼罩的天空，以及自己空空如也的心。

佳也子穿上床边的拖鞋，走到窗边。她感觉双腿无力，也许是因为睡了太久。她拉开白色的薄纱窗帘，用手拭去窗玻璃上的雾气。屋外是院子，地上铺满黑色的泥土，铺着石子的小路延伸到铁门。铁门外是一条双车道的马路，马路后方有一片萧瑟的森林，森林背后耸立着银装素裹的群山。天空呈铅色，无比阴沉。群山的轮廓好像有些眼熟，与元旦那天最后一眼看到的群山一模一样。看来她目前所在的地方就在她自杀未遂的那片树林的不远处。

"咔嚓"，门开了。佳也子回头一看，只见一位三十五六岁的女子走进屋里。她身材娇小，体格纤弱，身着奶油色毛衣与黑白格纹短裙，头发束在脑后。

"你醒啦。早上好。"

"早上好。请问，这里是……"

"是我的医院兼住家。"

原来是这样，佳也子心想。原来这里是病房。

"这家医院叫'香坂内科'。我是这里的院长，叫香坂典子。其实这家医院就我一个医生。"

"我怎么会在这儿……"

"昨天中午，我去附近的树林散步。走着走着，忽然看见落叶上躺着一个昏迷不醒的人。刚看到你时，我以为你已经死了，魂都吓没了，可走过去仔细一看，发现你还有气，便赶忙把你带了回来。好在医院目前没有住院病人，病房刚好空着。你昨天睡了一整天，今天才醒。这都三号了——别站着，快回床上躺着。你还没完全恢复呢。"

"啊，好……"佳也子照医生的吩咐躺回床上，盖好毛毯。

"你是什么时候吃的安眠药？"

"元旦那天傍晚。"

"元旦那天傍晚？那就是说，你从前天傍晚一直睡到了今天早上。看来你服用了相当多的安眠药。要是药量再大一点，或者我再晚一点发现你，你恐怕已经不在人世了。"

"不在人世……"佳也子喃喃道。她并没有为自杀未遂懊恼，也没有因为自己去鬼门关走了一遭而恐惧。她的心中唯有空虚。

"你叫什么名字？"

"笹野佳也子。"

"多大了？"

"二十五岁。"

"从哪儿过来的？"

"东京。"

"这么冷的天，你居然特地从东京跑到这儿来……"

"嗯……"

"你为什么要吃安眠药？"

佳也子沉默不语。

——我儿子不能娶你。

伴随着那段刺耳的话语，撕心裂肺的痛楚涌上心头。

——因为你父亲……

"对不起。你不想说就别说了。"

"对不起。呃……谢谢你救了我一命。"

"不用谢。救死扶伤是医生的天职。"

女医生是如此神采奕奕,惹得佳也子不禁将视线转向窗外。这时,她瞥见一小片白色徐徐飘落。眼看白色越来越多,将街景染成一片白。黑土庭院也好,铺着小石子的小路也罢,就连铁门和门外的马路,都变成银装素裹的模样——下雪了。

"太郎正熟寐,屋为雪所覆。次郎亦熟寐,屋亦为雪覆。"同样望着窗外的香坂典子自言自语。

"什么?"佳也子反问道。

女医生微笑着说道:"三好达治有一首叫《雪》的诗。你听过吗?"

"听过。初中的语文书上好像有。"

"我特别喜欢这首诗。听到这首诗,你会在脑海中描绘出怎样的光景呢?"

"嗯……白雪悄无声息地飘落在乡间的房顶上。太郎与次郎是一对年幼的兄弟。他们在母亲身边沉沉睡去,就好像是被雪花催眠了一样……大概如此吧。"

"你是这么想的啊。我的诠释和你的不太一样。我觉得太郎跟次郎没有任何关系,分别住在两间离得很远的房子里。他们也许是孩子,也许是大人。太郎与次郎只是代称,跟人物A、人物B没什么两样。也许除了太郎和次郎，还有三郎、四郎和无数其他人，只是作者没把他们写出来罢了。来自遥远空中的雪花徐徐飘落，落在无数人家的房顶。这些人互不相识，却都在雪花飘落时进入梦乡。他们共享这种经历，在梦境的层面上有了联系……每次回味这首诗，我都会联想到这样一幕。也许每个人都是孤独的个体，但每个人的屋顶上都积着同样的白雪。看得见，摸得着。一想到这儿，心中的寂寥也能减轻几分。当然，也许三好达治压根没想过这些，可作品一旦离开作者之手，如何诠释作品便是读者的自由。"

"是哦……我觉得您的诠释很有意境。"

雪下个不停，几乎把窗外的一切都变成了白色。此时此刻，许多人家的屋顶都被白雪覆盖。正如女医生所言，一想到这儿，佳也子心中的孤独便少了几分。

"你想吃早饭吗？"

"嗯。"

香坂典子走出病房，随即推着一辆小车走回屋里。小车上放着一碗粥和一杯茶。

"安眠药很伤胃，我做了点比较养胃的粥。"

"谢谢。"

粥的香味扑鼻而来。佳也子感觉自己好久没闻过这么诱人的味道了。

"护士都放年假了，家里就我一个，肯定会有照顾不周的地方，还请你多多谅解。有什么需要我帮忙的，随时开口就是。"

"谢谢。"佳也子眼角一热，泪水夺眶而出。她不禁呜咽起来，泪流不止。

"快吃吧。"

"嗯。"

佳也子用勺子舀了一口粥。每吃一口，身子便会暖和一些。

"你要不要联系一下家人和朋友？他们一定很担心你。"佳也子吃完后，女医生如此说道。

"嗯，是哦……"

佳也子犹豫了半天，决定打个电话给三泽秋穗。

"佳也子？是佳也子吗！"挚友急冲冲地问道。

"嗯。"

"你在哪儿呢！"

"我在福岛县一个叫'月野町'的地方。对不起，害你为我操心了……"

话音刚落，电话那头便传来了秋穗的怒吼："你元旦那天早上打电话来跟我告别，之后便杳无音讯，今天都三号了，你知道我找你找得有多苦吗！我都快担心死了，不知道给你打了多少通电话，可你就是不接！"

"对不起……"

"要是说对不起管用，还要警察做什么！你知道我这三天里担心成什么样了吗！"

佳也子对怒火中烧的秋穗连连道歉。不过挚友的怒骂反而让佳也子打起了精神。至少还有一个人会为我担心。想到这儿，她便觉得心中有暖流涌动。

"快点回来吧。"秋穗幽幽道。

"嗯，我过一阵子就回去。"

"说定了哦？"

"嗯。我一定会回去的。就这么说定了。"

2

打完电话后，佳也子躺回床上，看起了香坂典子借给她的三好达治诗集。女医生也坐在病房角落里看起了书。她也许是在监视佳也子，免得佳也子再寻短见，但佳也子并不觉得憋屈。屋里鸦雀无声，只能偶尔听到门外马路上装着轮胎链的车驶过的响声。

到了中午，香坂典子又送了一碗粥过来。

下午四点，雪停了。铅色的天空依旧阴沉。医院的庭院与门外的马路,马路后的树林,甚至树林后的群山……皆是一片雪白,一派沁人心脾的美景。两人在屋里默默看书,不时抬眼瞧瞧窗外的景色,之后便再次回到书本的世界中……

"我去附近的超市买点东西,很快就回来。"下午五点,香坂典子说道,"你还得吃些养胃的东西,所以我想做奶油炖菜,可家里的牛奶用完了。"

"天这么冷,还麻烦您出门买东西,真是太不好意思了……"

"没事,反正我坐了一天,也得稍微出去走走。"

女医生莞尔一笑,走出病房。

不一会儿,佳也子便看见身着大衣的香坂典子穿过积雪的庭院。她的长靴在洁白的雪地上留下了一个个脚印。医生出门后朝左拐,渐行渐远。

不知不觉中,佳也子放下诗集,坠入回忆的世界。

去年圣诞夜,佳也子的男友弘树突然与她断了联系。他们明明约好要一起过节,可弘树并没有如期赴约。他是不是病了?还是遇到了意外?佳也子忧心忡忡,可弘树就是不接电话,发短信也是有去无回。

十二月三十一日,弘树的母亲来到佳也子家。

——我儿子不能娶你。

——因为你父亲是杀人犯。

——你的身上流着杀人犯的血。

——你为什么要故意隐瞒这件事！

佳也子的父亲的确是杀人犯。他本是一位木匠，某日醉酒闹事，失手捅死了别人。案发后，母亲与父亲离婚，带着佳也子离开了父亲。打那以后，佳也子就再也没见过父亲一面。听说父亲是在狱中病死的，而佳也子的母亲也在三年前去世了。

弘树的母亲告辞之后，佳也子又给弘树的手机打了电话。她打了一遍又一遍，可弘树就是不接。原来，他的温情脉脉与山盟海誓，竟是如此不堪一击。

佳也子哭了一晚上。第二天，她走出家门，想尽可能走远一些。来到东京站后，她给秋穗的手机打了通电话，向她道别之后坐上了东北新干线。上车时，她并没有明确的目的地。后来她才想起，上高中时学校曾组织学生们去福岛春游，便在福岛县下了车。她在福岛漫无目的地逛了一会儿，又坐上私有铁路的列车，找了个偏僻的小站下车。下车后，她又换乘公交车，不久便来到了一个叫"月野町"的车站。这个站名颇有几分诗意，佳也子便走下车，来到车站附近的树林。

树枝上没有一片叶子，显得分外冷清。地上铺着厚厚一层落叶。佳也子每迈出一步，脚下便会传来"沙沙"的响声。天寒地冻，倒是与空空如也的心相映成趣。

走着走着，佳也子走累了。她躺在落叶上，从手提包里掏出安眠药，就着在车站门口买的罐装茶，一连往肚里灌了一大把。

四周寂静无声，寒气钻心入骨。佳也子在寒风中仰望暮色，不一会儿，意识便蒙眬起来，寒风与暮色也消失不见了。

佳也子回过神来，望向窗外。香坂典子正巧回来了。她走进铁门，穿过庭院，在雪地上留下一个个脚印。她的手上提着超市的塑料购物袋。

"我回来了。"

片刻后，女医生推门进屋。她脸颊微微发红，也许是冻着了。

"超市里空荡荡的，连个人都没有，跟三十一号那天没法比。那天简直是人挤人，个个都在抢东西。一月的头三天估计都不会有什么人吧。"

"外头一定很冷。麻烦您特地跑一趟，真是太不好意思了。"

"没关系，就当是运动。"

香坂典子走出病房。不一会儿，佳也子听见了厨房的动静，那是一种能让人心神安宁的响声。

六点多，香坂典子推着载有餐具的小车走进病房。碗里盛着奶油炖菜和法式长棍。炖菜热气腾腾，满满一屋子都是香甜的味道。

佳也子坐起身，接过女医生递给她的碗与勺。"那我就不客气了……"说完，佳也子舀了一勺炖菜。鸡肉、土豆、洋葱与胡萝卜都酥软可口，入口即化。女医生坐在佳也子旁边，陪她一起吃。

吃饱后，佳也子便开始犯困。怎么跟小宝宝似的……连自己都要忍俊不禁了。

香坂典子将餐具放回小餐车，拿毛毯轻轻盖在佳也子身上。

"你的身子还很弱，吃了就睡，体力才能恢复。好好休息吧，晚安。"

"晚安……"佳也子微笑着回答道。

佳也子沉沉睡去。这是她近期睡得最平静的一个夜晚。

3

门铃的响声，将佳也子从睡梦中唤醒。

脑袋隐隐作痛，全身无力。翻开枕边的手机一看，已是四日上午七点零六分。

佳也子一下床便冻得一激灵。她来到窗边，拉开窗帘，拭去玻璃上的雾气一看，只见雪地上不光有女医生昨天傍晚留下的脚印，还有另一道单向的脚印——有人来了。

门铃又响了，按门铃的似乎就是留下那道脚印的人。

"请问香坂典子女士在家吗？我是警察。"来人大声喊道。

警察？一大早的，警察来这儿做什么？

门铃响了一次又一次，可香坂典子好像没有应门。无奈之下，佳也子只得伸手拿起叠放在床头柜上的衣服，迅速换好。

打开病房大门一看，一条铺着瓷砖的走廊映入眼帘。沿着走廊往前，便是一间放着长椅与观叶植物的候诊室。玄关的玻璃门后，站着一个五十来岁的男人。他背后的雪地上有昨天傍晚女医生出门时留下的脚印，以及他自己来时的脚印。

大门并没有上锁。佳也子一开门，男子便开口问道："请问您是香坂典子女士吗？"

男子身材高瘦，有一头花白的短发。

"不，我是暂住在这里的人。"

"那香坂典子女士在家吗？"

"实不相瞒，我也是刚起床。我今天还没见过香坂医生……请问，您找她有什么事？"

"二十分钟前，有人打匿名电话到警局，说香坂女士在这里遇害了。"

"遇害了？"

"为保险起见，请允许我入室调查一下。"

刑警的口气十分强硬。他迅速脱鞋，走进屋里。

佳也子顿时担心起来。莫非是恶作剧电话？可她的确没见到香坂典子的人影……

刑警一边往前走，一边扫视四周。佳也子跟在后头，瑟瑟发抖，连她自己都不知道这是冻的还是吓的。

刑警查看了挂号处与诊察室，却不见香坂典子的踪影。之后，他又看了看佳也子的病房。自不用说，人也不在那儿。

病房门口的走廊上还有一扇门。刑警开门一看，眼前是一条铺着木地板的走廊，看来门后的空间应该是香坂典子的住处。

刑警与佳也子走上那段铺着木板的走廊。左手边是厕所与浴室。打开右手边的房门，厨房与餐厅映入眼帘。

香坂典子仰面倒在地上。她穿着奶油色的毛衣，左胸口已被染成红黑色。她的胸口上，竟插着一把菜刀。

佳也子一声惨叫，蹲下身来。

刑警带着严肃的神色，用手机联系了警局。在等候其他警官赶到现场的时候，这位自称向井的警官问起佳也子来到医院的始末。佳也子便详述了这几天发生的事。她在附近的树林中服药自杀，被女医生所救。今天早上，她被门铃吵醒后才发现……

二十分钟后，警车呼啸而至。警官们打开警车的车门，冲进屋里。四周一阵骚动。

警官们调查案发现场时，佳也子奉命坐在警车后面等候。年轻的刑警坐在驾驶座上，用后视镜不动声色地监视着她。

一个多小时后，向井警官打开警车后门，坐在佳也子身边。警官沉默许久,在佳也子忍无可忍时终于开口道:"你昨晚吃完晚饭后就睡着了吧。你还记得那是几点吗?"

"香坂医生是昨晚六点多给我送的饭,我应该是在七点前睡着的。"

"验尸官说,被害人的死亡时间是昨晚七点左右。也就是说,凶手在你睡着后不久就来到了医院,并杀害了被害人。凶手先用钝器重击被害人的后脑,再趁被害人昏迷不醒时,用厨房的菜刀捅了被害人的左胸。被害人应该是当场死亡。"

救命恩人遇害时,佳也子正在睡梦之中。她甚至没能帮恩人呼救。我真是太没用了!佳也子不禁咬牙切齿。

"昨天下午五点左右,被害人是不是出门买过一次牛奶?"

"没错,她特地去超市买了牛奶,是为了晚上做奶油炖菜给我吃。"

"附近超市的工作人员表示,昨天傍晚五点多,被害人的确去买过牛奶。可如果事实真是如此,那就有问题了。"

"有什么问题?"

"气象台的数据显示,这片地区的雪是昨天四点停的。下午五点,被害人前往附近的超市购买牛奶,医院周围的雪地上留下了她一来一回的脚印。然而,警官们进入医院前发现,医院周围除了被害人的靴子留下的脚印,就再也没有其他脚印了。"

"没有其他脚印?"

"没错。雪地上干干净净，没有凶手进出医院的脚印。别说是脚印，就连一点蛛丝马迹都没有。如果凶手从别的地方来，杀死被害人之后又逃离现场，那雪地上怎么会没有凶手的脚印呢？"

佳也子惊呆了。她这才意识到警官在暗示什么。警官认为，杀死香坂典子的人就是她。

"凶手会不会是踩着香坂医生的脚印走的？只要对准脚印踩下去……"佳也子赶忙开动脑筋为自己辩白。

"我们也立刻想到了这种可能性。但鉴识课员对脚印进行了细致的分析，排除了这种可能性。如果凶手踩着被害人的脚印行走，那脚印上应该会有两重痕迹。但雪地上的脚印并没有被人踩过第二次的迹象。"

"那……会不会是昨天晚上或半夜又下了雪，把凶手和香坂医生的脚印盖住了？然后凶手再穿上和香坂医生一模一样的靴子，在没人踩过的雪地上伪造了香坂医生的脚印……"

"我们也排除了这种可能性。气象台称，这片地区昨天从上午十点开始下雪，一直下到下午四点，之后再也没有下过雪。被害人的脚印是下午五点留下的，不可能被后来下的雪盖住。"

"会不会有人用人工方法造了雪，盖住了香坂医生的脚……"

"你要怎么人工造雪？搬一台造雪机过来？真不凑巧，案发现场周围并没有类似的迹象。"向井很是不屑地说道，随即将视线聚焦在佳也子脸上，"综上所述，唯一的可能性就是——杀死被害人的人就是你。"

——你的身上流着杀人犯的血。

这句话，回响在佳也子耳边。

是我……杀的？

是我杀死了香坂典子？而且我还把这件事忘了？

"该死的杀人犯！"警车外突然传来咒骂声。

只见窗外有个三十多岁的女人正狠狠瞪着佳也子。此人身材瘦小，眉目与香坂典子有几分相似。

"喂，这人是谁？"向井不耐烦地摇下车窗，向陪着那个女人的刑警问道。

"她是被害人的妹妹桑田洋子。三十分钟前，她给被害人打过电话，接电话的警官向她描述了情况，她便赶了过来……"

"杀死我姐姐的就是你啊！"

桑田洋子还不罢休。她的每一句话，都戳痛了佳也子的心。

"你先别急，警方还没确定她就是凶手。"站在洋子旁边的男人安慰道。他看上去大概四十来岁。

"您是？"向井问道。

男子回答："我是洋子的丈夫，名叫桑田武。"

"可警官都说了，医院周围的雪地上只有昨天傍晚姐姐出门买东西时留下的脚印，没有凶手的脚印。那凶手就只可能是这个女人了！姐姐好心救了她一命，她竟恩将仇报！"

"可她没有动机。"丈夫指出了这个疑点。

"姐姐肯定责备了她几句，说她不该轻生。说着说着，她们就吵了起来，这个女人一怒之下，就把姐姐给……"

"您三十分钟前给被害人打了电话吧？您本打算跟被害人说什么？"向井打断了桑田洋子的话。

"昨天我们的伯父去世了，我本想通知姐姐……"

"您的伯父去世了？"

"他平时一个人住在青森县的八户。我和姐姐都不太跟他来往，他去世了也没人通知我们。我还是在今天的晨报上看到的。"

"在报纸上看到的？这位伯父是报纸会登讣告的名人吗？"

"我们的伯父名叫香坂实，是在东北地区做房地产生意的，生意做得很大，五年前才退休，所以名声在外。昨天傍晚，伯父的朋友上门一看，竟发现伯父掉进自家庭院的池塘淹死了。死亡时间是昨天正午。伯父年纪大了，也许是在散步时脚下一滑掉进池塘里了。我看到晨报上的讣告，就想打电话知会姐姐一声，谁知接电话的是个陌生男人，张口就说他是刑警，还说姐姐被人杀了。我就急急忙忙赶过来了。警官又告诉我，姐姐救了个自杀未遂的女人，姐姐遇害时，这个女人就在屋子里，而且周围的雪地上都没有凶手的脚印。用脚趾头想想，都知道凶手就是这个女人……"

"凶案还是交给我们警方来调查吧。"向井再次打断桑田洋

密室收藏家 201

子，吩咐陪同她的警官，"把她带走吧。"桑田洋子有一肚子话要说，却不得不在刑警与丈夫桑田武的安慰下走去远处。

"可否麻烦你跟我们回警局一趟？"向井向佳也子问道。佳也子只得点头。

向井命令驾驶座上的警官："开车吧。"警车缓缓发动。

佳也子竟在这个举目无亲的地方成了杀人案的嫌疑犯。眼看着警察就要把她押回警局……猛烈的孤独感向她袭来。

"请问，我可以打个电话吗？"佳也子问道。

"电话？你要打给谁？律师吗？"

"不，就打给我朋友。"

"没问题。你并没有被'逮捕'，只是来警局配合调查罢了，可以随便打电话。"向井冷冷地说着，但他的双目正死死监视着佳也子的一举一动。佳也子拨通了秋穗的手机。

"啊，佳也子？你在哪儿呢？"听筒那头传来挚友神气十足的声音。

"我还在月野町。"

"快点回来，我还等着你呢。"

"我也想，可是……我好像回不去了……"

佳也子告诉秋穗，救她一命的女医生被杀了，而且医院周围没有凶手的脚印，警方就怀疑到了她头上，正要把她带回警局问话。

"警方怀疑你是凶手？那警察是不是脑子有毛病？"

"可是他们说，既然房子周围没有凶手的脚印，就只有可能是我杀的。也许人真是我杀的，只是我不记得了……"

"别胡说八道！你怎么可能是杀人犯！得，我这就过去接你，你乖乖等我来！"

"啊？你现在过来吗？"

"要是我不管你，你肯定会招供的。我这就坐新干线过去！"

"可这里这么远……"

"你都自身难保了，还担心这个干什么！我下午就到，你可得撑住。可别瞎承认自己没干过的事儿！"

"嗯，嗯……"

"有我陪着你，勇敢点！一会儿见！"

秋穗挂了电话。在这个世界上，至少还有一个人愿意无条件相信我是无辜的——佳也子的泪水险些夺眶而出。

4

二十分钟后,警车开到警局。那是一栋四层高的建筑物,似乎有些年头了,墙上有不少污渍。

佳也子被带进审讯室,接受向井警官的盘问。向井一心要逼佳也子认罪,便翻来覆去强调,医院周围没有留下凶手的脚印,所以凶手只可能是佳也子。佳也子咬紧牙关,死不承认。可渐渐地,她也失去了继续否认的气力。

也许杀死香坂医生的就是我,只是我不记得了……

可怕的假设在脑子里来回打转。她唯一的心灵支柱就是秋穗。她答应佳也子会在下午赶到月野町。别瞎承认自己没干过的事——这句话成了佳也子的最后一道防线。

不知过了多久……"咚咚。"敲门声传来。年轻刑警探出头来问道:"警部,这下麻烦了。密室收藏家来了!他说他想见见这位知情人。"

"密室收藏家?"向井脸色大变,"敢情那不是玩笑和传说,而是确有其人？那就没辙了，带他进来吧。"

"密室收藏家是谁？"佳也子战战兢兢地问道。

"他是个以侦探自居的怪人，在警界内部还算小有名气。他最喜欢密室杀人案，只要一有类似案件发生，便会立刻现身，也不知道他是怎么打探到的风声。他跟警视厅的高层有点交情，高层还会特地打电话去搜查本部，要求警官们配合他。"

"您见过他吗？"

"怎么可能，我也是头一回见他。我可真没想到密室收藏家确有其人，还以为那只是警界内部的玩笑。"

"那他的真名叫什么？"

"这人可奇怪了，就算有人问，他也不会自报姓名，只让别人称呼他为密室收藏家。"

敲门声再次响起。片刻后，门开了，年轻刑警带来一位三十来岁的高个男子。他就像猫一般进入房间，脚步悄无声息。

此人鼻梁高挺，五官精致，有一双修长而清透的眸子。上身黑色毛衣，下身茶色长裤，左手捧着折叠整齐的外套。

"感谢您答应我的无理要求。"说着，男子深鞠一躬。他身上有一种不食人间烟火的气息。

"嗨，您都开口了，我们又怎能不答应。"向井毫不掩饰心中的抵触，"不过，您怎么会来调查这起案件呢？这又不是密室杀人案。"

密室收藏家　205

"不，我认为这就是一起密室杀人案。警方似乎认定这位笹野佳也子小姐就是凶手，但我坚信她是无辜的。既然她是无辜的，那就意味着凶手在没有留下脚印的情况下出入了案发现场。这不正是'密室杀人案'吗？"

"您再怎么喜欢密室，也不能故意捏造密室吧？案发现场除了被害人，就只有这位小姐。房子周围都是积雪，却没有凶手出入的痕迹，那不就意味着和被害人在一起的那个人就是凶手吗？您何必把案子往密室上凑，这不是把简单的问题复杂化吗？"

"可佳也子小姐若是真凶，她的行为也太不合理了。如果案发现场周围没有凶手出入的脚印，警方第一个怀疑的就是她，那她为什么不伪造一些脚印？如果行凶的真是她，那她为什么还要在案发现场睡一晚上，而不是立刻走人？如果警方认为凶手就是她，那要如何解释她在案发现场多逗留一宿的原因呢？"

被密室收藏家这么一反问，向井顿时语塞。

"案发后在现场多睡一晚上的确有些反常。但案发时间是晚上七点左右。这里这么偏僻，到了晚上就很难找地方落脚。要是叫出租车，司机就会记住她的长相，天寒地冻，也不可能睡在户外。既然如此，那在案发现场睡一晚上就是个比较合理的选择了。"

"原来如此，您说得句句在理。问题是，警方之所以会在今早赶去现场，是因为警局接到一通匿名电话，声称香坂典子在家中遇害。那么您觉得，打这通电话的会是谁？"

"这……"

"如果是普通的案件，还有可能是发现尸体的外人或造访现场的人发现遗体，拨打了报警电话。但在本案中，现场周围为白雪所覆盖，并没有留下凶手的脚印。换言之，雪地上也没有碰巧造访现场发现尸体的外人的脚印。那这个打电话的人究竟是怎么知道这起案件的？"

向井皱起眉头，一言不发。

"有可能得知这起案件的人只有凶手一个，那打匿名电话的应该也是凶手。这就意味着凶手并不是佳也子小姐，而且凶手想将罪名嫁祸给她。"

"可……可现场周围并没有凶手的脚印！您要如何解释这个问题呢？不解释清楚，佳也子小姐就仍然是头号嫌疑人。您有办法解释清楚吗？"

"目前还不行。但我想请佳也子小姐详细讲一讲事情的来龙去脉。不知您是否批准？"

"随你吧，你随便问好了。"向井不情愿地答应了。

在密室收藏家的循循善诱之下，佳也子如实道来。她从元旦傍晚在林中服用安眠药自杀那里说起。密室收藏家时而用平静的声音附和，时而竖起耳朵细细倾听佳也子的话语。说着说着，佳也子心中的焦虑逐渐消散——他仿佛有一种能让人平静的魔力。佳也子回过神来才发现，她甚至道出了自己的身世，以及自己轻生的原因。

密室收藏家　207

"怎么样？您能解释案发现场没有凶手脚印的原因吗？"佳也子说完之后，向井很是不屑地向密室收藏家问道。

"我已略知一二。"密室收藏家微笑着回答。

"呵，有意思，那就说来听听。"向井煞有介事地说道。

"在此之前，可否请您把拍摄被害人脚印的照片拿给我看一下？就是她昨天下午五点去附近的超市买牛奶时留下的脚印。"

向井吩咐年轻刑警去鉴识组取来照片。密室收藏家接过照片，用鉴赏艺术品似的动作细细打量起来。

"原来如此。一去一回，两排脚印没有重叠。"

"那又如何？"

"这是一条相当耐人寻味的线索。脚印到哪里为止呢？"

"现场门口是一条两车道马路，脚印就到马路边上。再往前的脚印都被来来往往的车擦除了。"

"警方确定雪地上的脚印是被害人的靴子留下的？"

"没错。我们比对过被害人的鞋子与脚印，两者完全吻合。"

"脚印上有很明显的鞋底花纹，而且花纹并没有缺口，由此可见，留下脚印的是一双新鞋。如果是旧鞋，鞋底会有一定程度的磨损，磨损的位置也因人而异，鞋底的花纹也会有缺口。旧鞋的鞋底都独具个性，留下的脚印也是千变万化，一看脚印，就知道留下这行脚印的人穿的是哪双鞋。但新鞋就是另一回事了。就算鞋子与脚印完全吻合，那些脚印也有可能是同款的新鞋留下的。我们并不能锁定留下脚印的那一双鞋。"

"被害人的靴子的确是新的。您言下之意是，那两排脚印其实是凶手留下的，凶手穿了跟被害人同款的靴子，踩着被害人的脚印进出现场？我可以明确告诉您，这绝对不可能。凶手再怎么小心，踩脚印的时候也会留下蛛丝马迹。但我们并没有发现脚印被第二次踩过的痕迹。"

密室收藏家微笑道："不，我并没有这么想。"

"那您是怎么想的？"

"我首先考虑到的可能性是，也许佳也子小姐昨天睡下时所在的医院，并不是她今天醒来时的那家。"

"昨天睡下时所在的医院，并不是她今天醒来时的那家？"

"没错，昨天的医院和今天的医院是两家不同的医院。我们假设佳也子小姐昨天睡下时所在的医院为'A医院'，而她今天醒来时的那家是'B医院'。凶手将佳也子小姐与被害人的遗体从A医院搬去B医院，再离开B医院。佳也子小姐会在B医院醒来。A医院周围有昨天傍晚五点被害人去超市买牛奶时留下的脚印，而B医院外面则是凶手搬运佳也子小姐与被害人时留下的脚印。然而，佳也子小姐误以为A医院与B医院是同一个地方，于是所有人便误以为医院周围只有'昨天傍晚五点被害人去超市买牛奶时留下的脚印'。

"从照片上看，两行脚印并没有重叠。因此'去'的那一行脚印也许是'回'时留下的，而'回'的那一行也许是'去'时留

密室收藏家　209

下的。换言之,所谓的'被害人去买东西时留下的脚印',也许是'凶手离开现场时的脚印',而'被害人买完东西回来时留下的脚印',也许是'凶手来到现场时的脚印'。

"被害人的靴子是新的,脚印上并没有穿过的靴子特有的痕迹。照片上的脚印有可能是穿着同款靴子的凶手留下的。"

"您不是在开玩笑吧?这怎么可能。凶手怎么能凭空变出两家外形一模一样的医院?"

"凶手没必要造出两家'外形'一模一样的医院。佳也子小姐昨天没有出过病房一步,凶手只需准备好两间一模一样的病房就行。布置病房的难度并不高。"

"您的假设实在太牵强了。案发现场只有一来一去两行脚印,如果那是凶手留下的,就意味着凶手只去过现场一次。照您的理论,把佳也子小姐和被害人搬进现场的就是凶手,这说明他一次性扛了两个人进去。一个人力气再大,也不可能扛着两个成年女性走路。"

密室收藏家点点头,微笑着说道:"您说得没错。这套理论站不住脚。"

"您就不能想一套更可靠的理论出来吗?"

"那就换一种思路吧。如果今天早上您与佳也子小姐发现遗体时,凶手还藏在案发现场呢?案发现场是医院兼住家,肯定有好几个房间,有的是可以藏身的地方。等其他警官赶到现场之后,凶手再伪装成刑警，偷偷溜走即可。"

向井摇头说道："这也不可能。如果真是这样，就意味着警官的人数会突然多出一个。我亲眼看着同事们坐警车赶来。当时下来了多少人，现场就是多少人，一个不多一个不少。"

"那就再换一种思路。您说案发现场周围只有被害人昨天傍晚五点出门时留下的脚印。可事实真是如此吗？真的没有其他人的脚印了？"

"其他人的脚印？"

"比如，今天早上接获匿名电话后造访现场的刑警的脚印。"

"您到底想说什么？"

"也许，凶手昨晚踮着脚尖来到了案发现场，行凶后再踮着脚尖离开。今天早上，他谎称接到匿名电话，沿着昨晚用脚尖留下的痕迹来到了案发现场。脚尖留下的脚印肯定会比平时走路的脚印小一圈。只要在小脚印上踩一脚，就能把昨晚的脚印消灭干净。"

向井瞪着密室收藏家问道："您的意思是说，我才是凶手？"

"不，我只是想说，我们也可以从这个角度解释为什么案发现场周围没有凶手的脚印。"

"我有不在场证明。昨晚七点左右，我正在警署写文件。好几个同事都能为我作证。"

"在下多有冒犯，还请您见谅。"密室收藏家低头道歉。

向井很不耐烦地说："既然我不是凶手，那您还有别的理论吗？"

"嗯……"密室收藏家正要开口，又有人敲响了房门。

年轻警官探出头来说道："警部，一个叫三泽秋穗的女人要见知情人，说她是知情人的好朋友。"

秋穗真的从东京赶来月野町了！佳也子心头一热。

"知情人的朋友？带她过来吧。"

一分钟后，秋穗冲进审讯室问道："佳也子，你没事吧？"

"秋穗……"

"他们没欺负你吧？没把你怎么样吧？"

"嗯，我没事。"

秋穗环视四周，狠狠瞪着向井与密室收藏家说道："你们怀疑佳也子是凶手？佳也子怎么可能杀人呢！你们没长眼睛啊！"

向井被她说得哑口无言。

密室收藏家上前一步说道："您说得没错，佳也子小姐的确不是凶手。"

"你是谁？"秋穗被密室收藏家的气场震住了。

"区区贱名，不足挂齿。"

"你说佳也子不是凶手？那真凶到底是谁？"

"就是您啊，三泽秋穗小姐。"

5

佳也子半晌没听明白密室收藏家的话。

"我是凶手?你别胡说八道!"秋穗嗤之以鼻,"我在大老远的东京,再说了,我都不认识被害人,你凭什么说我是凶手?"

"那我就来解释一下您是凶手的原因。"说着,密室收藏家将视线转向佳也子,"佳也子小姐,您于一月三日上午七点多在医院醒来。您睁眼后不久,天就开始下雪。换言之,一月三日的雪是上午七点左右开始下的。"

"没错。"

白色自阴暗的铅色天空飘落。眼看着白色越来越多,将四周染成一片雪白……佳也子点点头。当时的光景还历历在目。

"然而,气象台给出的降雪数据却不尽相同。"

"啊?"

"气象台称,一月三日,这片地区的雪是从上午十点开始下的。上午七点与上午十点。佳也子小姐与气象台给出的下雪时间截然不同。"

"啊,没错!"向井恍然大悟,"我想起来了,我在警车里还跟佳也子小姐说过,这片地区昨天是从上午十点开始下雪的。还真是,双方给出的下雪时间完全不一样!"

密室收藏家点头道:"气象台的数据不会有错。那就意味着,错的是佳也子小姐。"

"我没撒谎啊!"

佳也子吓得心惊胆战。她本以为密室收藏家是站在她这边的,谁知他竟这样说。可密室收藏家带着温润的微笑说道:"您别担心,我并不认为您在撒谎。我推理的前提就是,您是无辜的。您不是在撒谎,而是在某人的精心安排下产生了错觉。"

"错觉?"

"没错。其实您不是一月三号醒的,而是一月二号醒的。"

"二号?"

"是的。您在医院清醒过来时明明是二号,但香坂典子骗您说'今天是三号'。香坂典子称,她二号中午去森林散步时发现了昏迷不醒的您,但她发现您的真正时间其实是元旦那天晚上。而您清醒过来的时间则是二号早上,而不是三号早上。"

"可,我明明看了手机上的日期……"

"香坂典子修改了您手机上的日期,又把手机放回了手提包。

"她以'你的身体还没有完全恢复'为由,不许你下床活动。

这正是为了防止您离开病房后发现那天不是三号,而是二号。

"医院的护士们都放假了,没有人会告诉您正确的日期。病房里没有电视机,您也不可能通过新闻节目发现自己的误会。再者,自杀未遂的人心理状态很不稳定,不会主动去了解世界上发生了什么事,也不会去看电视与报纸。因此您察觉到日期有错的可能性非常低。香坂典子肯定也考虑到了自杀未遂者的心理状态。

"香坂典子还通过'去超市买牛奶'这个动作,加深您对日期的误会。佳也子小姐知道香坂典子在自己醒来的那天傍晚五点去附近的超市买过牛奶。而警方的调查结果显示,香坂典子的确在三号傍晚五点去过超市。如此一来,佳也子小姐便会更加坚信自己是三号醒来的。

"然而,香坂典子并没有在佳也子小姐醒来那天买过牛奶。她提前买好牛奶并藏在室外,装作出去买牛奶的样子,再提着牛奶回来。现在是隆冬季节,这片地区的室外温度与冰箱相当,甚至比冰箱还要低。即便放在外面,也不用担心牛奶会变质。"

"可……如果我是二号醒来的,那我第二天醒来时怎么会是四号呢?"

"这是因为您又产生了错觉。您在二号晚上睡下之后,一路睡到了四号早上,把三号给睡过去了。"

"把三号睡过去了?"

"没错。您刚醒过来那天晚上吃的那碗奶油炖菜里放了安眠

密室收藏家 215

药，所以您才会把三号睡过去。香坂典子是医生，她很清楚要下多少安眠药才能让您昏睡一整天。四号早上醒来时，您头痛欲裂，四肢无力，这正是因为您睡了一整天。如果是男人，还有可能因为胡子的长度察觉到自己睡了多久，但女性不存在这个问题。当然，香坂典子在您昏睡的时候偷偷将您的手机日期又调了回去。"

向井插嘴道："可……就算香坂典子让佳也子小姐误会了日期，那她为什么要做这种事呢？"

"为了制造不在场证明。香坂典子制定了一项犯罪计划。在她的计划中，将二号误会成三号的佳也子小姐将会与她共度一整天。在真正的三号到来之前，她会用安眠药让佳也子小姐沉沉睡去，趁机执行犯罪计划。当佳也子小姐在四号早晨醒来时，她绝不会察觉到自己睡了一整天。当警方询问香坂典子三号的不在场证明时，佳也子小姐便会作证说'我昨天一直和香坂典子在一起'，如此一来，不在场证明就成立了。

"香坂典子之所以留在佳也子小姐的病房一起看书，并不是为了防止佳也子小姐再次轻生，而是为了确保自己的不在场证明。"

"香坂典子到底想犯什么罪？"向井追问。

"她想杀死她的伯父。"

"伯父？"

"昨天，也就是一月三号正午时分，香坂典子的伯父香坂实淹死在八户的家中。这正是香坂典子处心积虑犯下的罪行。香坂实不是被她推进池塘的，就是被她按住头活活淹死的。香坂实在东北地区从事房地产行业，五年前才退休，生意做得很大，家财万贯。也许香坂典子盯上了他的遗产。然而即便将凶案伪装成意外，警方也能识破伪装，遗产继承人香坂典子自然会成为头号嫌疑人。为保险起见，她才让佳也子小姐误会日期，以制造不在场证明。"

密室收藏家环视四周。

"事已至此，雪中密室之谜也就不攻自破了。一月二号早上，佳也子小姐睁开眼睛。香坂典子让她误以为今天是三号。

"下午四点，大雪纷飞。五点，香坂典子假装去附近的超市买牛奶，在雪地上留下了一来一去两行脚印。佳也子小姐则误以为脚印是在三号傍晚五点留下的。那天晚上，香坂典子给佳也子小姐下了安眠药，让她沉沉睡去。

"第二天是三号，但佳也子小姐一直昏睡不醒。上午十点，又下起了雪，盖住了香坂典子前一天傍晚留下的脚印。香坂典子于上午离开医院，前往八户杀害伯父。我不清楚她是十点前走的还是十点后走的，反正她的脚印都会被十点开始下的那场雪盖住。

"之后，凶手来到医院，具体时间不明。雪还在下，因此凶手的脚印不会留在地上。下午四点，雪停了。二号的雪碰巧也是下午四点停的。

"杀害伯父之后，香坂典子于五点多来到自家附近的超市，买了牛奶，回到医院，并在雪地上留下脚印。晚上七点左右，身在医

密室收藏家　217

院的凶手杀害了香坂典子，并在雪地上留下了离开医院的脚印。

"乍看之下，人们会误以为两行脚印都是香坂典子留下的。这是因为两行脚印没有重叠，先留下的也有可能是'回'的脚印，而不是'去'的脚印，而且凶手穿着与香坂典子同款的靴子。

"佳也子小姐睡了一整天，于四号早晨醒来，并与向井警官一同发现了香坂典子的遗体。

"气象台的数据显示，三号下午四点后，这一带就没有再下过雪。因此香坂典子在五点留下的脚印没有消失。警方认定，留在雪地上的都是香坂典子的脚印，于是密室宣告成立。

"然而，香坂典子并没有在三号下午五点出门，而是在二号下午五点出的门。二号下午五点留下的脚印，已经被三号白天下的雪盖住了。由于二号与三号的雪都是下到下午四点，佳也子小姐才没有察觉到她所说的'下午四点停的那场雪'和气象台所说的那场雪差了一整天。"

三好达治的诗句在佳也子脑海中响起。

　　　　太郎正熟寐，屋为雪所覆。
　　　　次郎亦熟寐，屋亦为雪覆。

然后……

佳也子正熟寐，屋为雪所覆。

这首诗真是太应景了。佳也子被人下了安眠药，睡了整整一天。就在她熟睡的时候，大雪纷飞……

"杀害香坂典子的凶手究竟是谁？凶手利用'香坂典子让佳也子小姐误会了日期'这一点，企图把罪名嫁祸给佳也子小姐。换言之，凶手早就知道香坂典子的犯罪计划。那凶手是怎么知道的？因为凶手是香坂典子的共犯，而她最终背叛了香坂典子，一刀捅死了她。"

"共犯背叛了被害人？被害人还有共犯吗？"向井一脸茫然地喃喃道。

"没错。元旦那天晚上，香坂典子在附近的森林里发现了昏迷不醒的佳也子小姐，并将她带回自己的医院。然而，香坂典子身材瘦小，照理说没有力气独自将佳也子小姐这样一位成年女子搬回医院。这就意味着有人帮了她的忙，而这个人就是她的共犯。

"那香坂典子的共犯究竟是谁？佳也子小姐，其实线索就在您的证词中。"

"在我的证词里？"

"您给秋穗小姐打电话时，她是这么说的，'今天都三号了，你知道我找你找得有多苦吗！'但那天并不是三号，而是二号。而且您没有说过什么话，会让对方意识到你误以为那天是三号。可秋

密室收藏家　219

穗小姐还是一字一句地说,'今天都三号了'。这正是因为,她打从一开始就知道你误会了。

"自不用说,知道这件事的人就是香坂典子的共犯。这个共犯就是秋穗小姐,而杀害香坂典子的就是这位共犯,秋穗小姐才是杀害香坂典子的真凶。"

"秋穗是共犯?可……秋穗并不认识香坂医生……"

"我也不清楚秋穗小姐与香坂典子之间有着怎样的渊源。但我很确定,元旦那天,秋穗小姐一路尾随佳也子小姐从东京来到这座小城,并亲眼看到佳也子小姐在树林中服下了安眠药。

"秋穗小姐与香坂典子早就有了杀害香坂实的计划。见状,秋穗小姐灵光一闪:何不利用佳也子小姐制造不在场证明呢?于是她联系了香坂典子,两人一起将佳也子小姐带回医院。之后,秋穗小姐就回到了东京。

"第二天,也就是一月二号上午七时许,佳也子小姐清醒过来。香坂典子与秋穗小姐的不在场证明伪装工作正式启动。香坂典子谎称那天是三号,还建议佳也子小姐给亲朋好友打个电话。佳也子小姐的父母已不在人世,只能给最好的朋友秋穗小姐打电话。秋穗小姐在电话里强调那天是三号,进一步巩固佳也子小姐的误会。

"三号正午时分,香坂典子在八户杀害了她的伯父。当时,秋穗小姐正在东京制造她的不在场证明。之后,她再次来到月野町,造访了香坂医院。她大概想亲自见香坂典子一面,确认她有没有得手吧。当时,香坂典子还没有回到医院。

"在我看来,秋穗小姐起初并不打算背叛香坂典子。然而,她发现雪又在四点停了,跟昨天一样。她意识到,她可以利用香坂典子制造不在场证明时搞的小动作,把'杀人犯'的帽子扣在佳也子小姐头上。二号与三号的雪都是下午四点停的,而且秋穗小姐的靴子与香坂典子穿的完全一样。秋穗小姐认定,这两个巧合就是上天的安排。

"下午五时许,香坂典子回到医院。为了陷害佳也子小姐,秋穗小姐于晚上七点杀死了香坂典子。接着,她又模仿香坂典子的步子,在雪地上留下脚印,同时离开医院。

"之后,秋穗小姐一直躲在月野町的某个地方。今天早上,她致电警署声称香坂典子死在家中,让警方亲眼看到医院里只有佳也子小姐和香坂典子两个人。当佳也子小姐给她打电话时,她再强调'我这就坐新干线过去',之后再算准时间,来到这家警署。"

"秋穗是凶手?不会的,一定是搞错了……秋穗,你快告诉他,他搞错了!"佳也子呼唤着挚友的名字。然而,秋穗一言不发,也不愿多看佳也子一眼。无比熟悉的挚友仿佛突然变了一个人。这个人真的是秋穗吗?真的是那个活泼开朗的秋穗吗?

片刻后,秋穗轻叹一声,用无比疲惫的声音说道:"他没搞错。凶手就是我。"

佳也子顿感双腿无力。

"你跟被害人是什么关系?你远在东京,为什么会成为她的共犯?"

"你们查一查就知道了。我上初中时,典子姐姐给我做过家教。后来她成了医生,离开东京,回到故乡开了医院,但我们的关系还是跟以前一样好。两三年前,典子姐姐开始频频抱怨医院的生意不好。她有个很有钱的伯父,想请伯父帮帮忙,可伯父和她的关系不太好,一口回绝了她。我也想帮她一把,可她需要一千万,我实在是爱莫能助。

"后来,典子姐姐便动了念头。她总是对我说'伯父死了我就有钱了'。起初我还以为她在开玩笑,可她的神情特别严肃。末了她还对我说,'等我拿到遗产,一定会分你一点当谢礼,你能不能帮我动手?'起初我当然一口拒绝,但典子姐姐就是不肯放弃,礼金的金额也是越来越高……最后,我终于答应了她。

"典子姐姐打算把伯父推进自家庭院的池塘,假装他是失足掉下去的。可她很担心这样的伪装会不会被警察看穿,到时候她就成了头号嫌疑人。毕竟她是遗产继承人,动机最明显。典子姐姐想捏造一份不在场证明,以保证自己的安全。我们讨论了很久,却迟迟讨论不出一个像样的方案。

"元旦那天,机会终于来了。我走到佳也子家门口一看,只见她拿着手提包走了出来。于是我就偷偷跟了上去。走到东京站后,她拨打我的手机,来跟我告别——没错,那时我就在你附近。我也坐上同一趟新干线，换上同一趟私铁[1]。你坐上公交车之后，我就打车一路跟上，一直跟到这座小镇。我也没想到你会来到典子姐姐的故乡。那天傍晚，我亲眼看见你在树林里吞下了安眠药，而典子姐姐的医院就在不远处，真是巧得不能再巧了。我心想，这一定是上天的指引，便想出了利用你制造不在场证明的计划。"

"利用"这个字眼深深刺痛了佳也子的心。秋穗不光没有阻止她吃安眠药，还利用她制造了不在场证明。

不仅如此，秋穗还想将佳也子"打造"成杀人犯。

"为什么？你为什么要陷害我？"

"为了弘树。"秋穗喃喃道。

"为了弘树？"

"没错。我真心喜欢弘树。为了拆散你们，我还偷偷把你爸的事情告诉了弘树的妈妈。可弘树的心里还有你。为了把你完全赶出他的心，我便想出了陷害你的主意。"

"你也喜欢弘树吗……"

"我第一次看到你跟弘树出双入对时，就喜欢上了弘树。可弘树的心里只有你，连看都不看我一眼。所以我才向弘树的妈妈告了密。事后，我不知道你会做出什么事来，就一直监视着你。我之所以在元旦那天早上去你家门口，也是为了监视你。"

---

[1] 即非国有铁道的私营铁道。

密室收藏家

向井插嘴道："你想抢佳也子小姐的男朋友，直接见死不救不就行了？呃，我也知道当着佳也子小姐的面说这些不太好……"

"如果佳也子真的吃安眠药自杀了，弘树一定会愧疚不已，这辈子都忘不了她。这样我就不可能把她赶出弘树的心了。只有把佳也子打造成杀人犯，才能让弘树彻底忘掉她。"说完这句话之后，秋穗轻声自嘲道，"可事已至此，我再做什么都没用了。会被赶出来的那个人，其实是我……"

第二天，五号早晨，佳也子来到了车站冷清的候车室。她坐在长椅上等候列车，手提包就放在膝头。向井警官坐在她旁边。

大雪纷飞。细小的白色源源不断地从阴暗的铅色天空飘落，将四周的风景染成一片雪白。

昨天晚上，秋穗向向井警官供认了罪行。警方立刻逮捕了她。直到最后，挚友都没有多看佳也子一眼。佳也子只得呆呆地望着眼前的一切，心灰意冷。

之后，佳也子在警方安排的旅馆住了一晚。今天早上，向井开警车送她来到了这座车站。

向井尴尬地向佳也子道了歉。他顶着一头花白的头发，深鞠一躬，那模样颇为滑稽，稍稍缓解了佳也子心中的痛楚。

佳也子说："您送我到车站就够了。"但向井执意要送佳也子上车，便在佳也子旁边坐了下来，一副无所事事的样子。

"话说回来……密室收藏家先生已经回去了？"佳也子忽然想起了这件事。

"似乎是回去了。"向井很不痛快地回答道。

"似乎？"

"真是奇怪。昨晚在审讯室逮捕三泽秋穗的时候，他明明还在屋子里。可我一不留神，他就不见了。其他警官也没见到他走出审讯室。他仿佛一阵风似的消失了。堂堂刑警居然说出这种话来，您一定觉得很可笑。"

"一阵风似的消失了……"

"其实我们警界盛传，密室收藏家解开密室之谜后，就会趁旁人稍不注意突然消失，就跟这次一样。"向井望着下个不停的雪，继续说，"他究竟是何方神圣……又没人知道他姓甚名谁，也不知道他怎么会说得动警界的高层。只要有密室杀人案发生，他便会悄然现身，解开谜题之后又会如轻烟般悄然消失。就好像……"

向井没有把话说完。但佳也子能隐约猜出他想说的是什么。他恐怕是觉得，刑警就该是现实主义者，不能随便说出那种话来。

雪越下越大。无数雪花涌出天空，落向雪白的地面，仿佛无数个舞动的精灵。佳也子忽然心想：也许世界上真有专门解决密室杀人案的"精灵"。

读客
悬疑文库

认准读客读悬疑，本本都是大师级。

专注出版中、英、美、日、意、法等世界各国各流派的顶尖悬疑作品。

为读者精挑细选，只出版两种作品：
经过时间沉淀，经典中的经典；口碑爆表、有望成为经典的当代名作。

跟着读客悬疑文库，在大师级的悬疑作品中，
经历惊险反转的脑力激荡，一窥人性的善恶吧。

图书在版编目（CIP）数据

密室收藏家 /（日）大山诚一郎著；曹逸冰译. —— 南京：江苏凤凰文艺出版社, 2017.10（2025.6 重印）
（读客全球顶级畅销小说文库）
ISBN 978-7-5399-8163-5

Ⅰ. ①密… Ⅱ. ①大… ②曹… Ⅲ. ①短篇小说 – 小说集 – 日本 – 现代 Ⅳ. ① I313.45

中国版本图书馆 CIP 数据核字 (2015) 第 054576 号

MISSHITSU SHUSHUKA by Seiichiro Oyama
Copyright © 2012 Seiichiro Oyama
All rights reserved.
Original Japanese edition published by Hara Publishing Co., Ltd., Tokyo.

This Simplified Chinese language edition is published by arrangement with Hara Publishing Co., Ltd., Tokyo in care of Tuttle-Mori Agency, Inc., Tokyo through Beijing GW Culture Communications Co., Ltd., Beijing.

中文版权 © 2017 读客文化股份有限公司
经授权，读客文化股份有限公司拥有本书的中文（简体）版权
图字：10-2015-007 号

密室收藏家

[日] 大山诚一郎 著　曹逸冰 译

责任编辑	丁小卉
特约编辑	叶启秀　高一君
封面设计	读客文化　021-33608320
责任印制	刘巍
出版发行	江苏凤凰文艺出版社
	南京市中央路 165 号，邮编：210009
网　　址	http://www.jswenyi.com
印　　刷	三河市龙大印装有限公司
开　　本	890 毫米 × 1270 毫米 1/32
印　　张	7.25
字　　数	137 千字
版　　次	2017 年 10 月第 1 版
印　　次	2025 年 6 月第 26 次印刷
标准书号	ISBN 978-7-5399-8163-5
定　　价	36.00 元

江苏凤凰文艺版图书凡印刷、装订错误，可向出版社调换，联系电话：010-87681002。